KB216987

라스트 로그인

라스트 로그인

강민영
장편소설

차례

1

칠흑 같은 어두운 화면이 점차 잿빛으로 흐려진다. 고개를 비스듬히 젖힌 상태로 눈을 떴다. 여전히 아무것도 보이지 않는 상태지만 익숙한 어둠이다. 쭉 뻗어 있던 손을 거둬 가만히 바닥을 짚어본다.

〔접속 경로에 문제가 생겼습니다. 재접속해 주세요.〕

그때, 회색 네모난 창이 머리 위로 불쑥 떠오르는 게 보인다. 흠칫 놀랐지만 선택될 때마다 보이는 메시지인 걸 확인하고 마음을 놓았다. 또 접속 문제인가. 로아 서버 담당자가 누군지는 몰라도 도통 수정할 생각을 하지 않는 게 문제다. 그래도 이쪽에서 아주 치명적일 정도로 불편을 느낀 적은 없다. 어차피 접속하고 나면 저 계속되는 공지 창을 답답해할 것이 분명한 U가 오른쪽 끄트머리의 작은 빨간 버튼을 클릭할 테고, 그러면 내 머리 위에 둥둥 떠 있는 저 거추장스러운 창이 사라질 테니까.

여전히 시야가 확보되지 않아 어둡다. 하지만 인내심을 가지고 기다려야만 한다. U는 접속 때마다 항상 이렇게 뜸을 들인다. U의 컴퓨터 문제일 수도 있다. 지난번 마지막으로 접속했을 때도 모니터가 지직거리는 현상이 일어났던 것 같은데, 혹시 그 일의 여파일지도 모른다. 장비를 업그레이드하면 게임 플레이가 좀 더 수월해질 텐데, U는 도통 그런 일에는 관심이 없는 듯하다. 플레이 사양이 높은 것도 아닌데 화면이 버벅댈 정도라면, U의 컴퓨터가 고물이거나 이 게임의 최적화 담당자가 이쪽 문제에는 전혀 관심이 없거나 둘 중 하나겠지. 이 문제에 대해서 줄곧 생각해 왔지만, 근 몇 개월 사이에 바뀌는 게 없었으니 이제는 그러려니 하는 편이다.

어둠에 묻혀 여전히 보이지 않는 팔과 다리를 좌우로 천천히 흔들어본다. 동작이 약간 어색한 걸 보니,

아마 꽤 오랜만의 접속인 모양이다. 사실 최적화가 어쩌고 서버가 어쩌고 하는 일보다 접속을 자주 하는 게 이쪽에서는 더 반가운 일이다. 정확히 기억나지 않지만, 최근 몇 개월 사이에 접속 빈도가 줄어든 것만은 명확하다. 이제는 까마득하게 느껴지는 서비스 오픈 때에는 대기 화면에서 삐걱거리는 일 없이 바로 부드럽게 필드로 나갔다. 지금은 팔과 다리가 무겁다. 그때는 뻣뻣하다는 느낌 또한 없었는데.

손가락 사이사이와 발끝의 뭉친 기운을 풀며, 시선을 오른쪽 아래 고정된 파란색 시계에 맞췄다. 올드한 디자인에 '전형적이다'라는 단어가 떠오르는 숫자 시계. 접속 대기 시간을 알려주는 저 시계만 좀 더 세련된 디자인으로 바꿔도 유저가 몇백 명은 늘어날 텐데.

벌써 2분이 지났다. 이 정도로 늦어지는 일은 보통 없었는데. 인터넷 검색이라도 하는 걸까?

째깍, 째깍. 얇게 퍼지는 시계 초침 소리가 계속 귓가에 맴돈다. 어느새 3분이 지났다. 슬슬 좀이 쑤신다. 화면에 보이는 시계는 3분을 넘기고 있지만, 이쪽에서는 그 배에 달하는 시간을 기다리고 있는 거나 다름없다. 어쨌든 게임 실행 버튼을 U가 클릭해야만 가동되기 때문이다. U가 보는 화면과 내가 바라보는 화면은 다를 수밖에 없다.

화장실에라도 간 건가? 그래도 아직 기다려줄 수 있는 수준이다. 사실 나는 기다리는 것 외에 할 일이 없다. 뭐 어쩌겠나 싶다. 그저 빨리 필드로 나가고 싶은 마음만 굴뚝같다. 마지막 로그아웃 위치가 어디더라? U는 부주의한 사람이 아니니 아마 마을이나 집 근처의 안전 지역에 워프한 다음 종료했을 거다.

파란색 시계를 바라보며 머리를 쥐어짜도 답이 나오지 않는다. 어쨌든 대기 화면에서 넘어가야만 움직일 수 있고, 정보를 다시 끌어올 수 있기 때문이다. 약간의 스트레칭을 하면서 참을성 있게 U의 움직임을 기다린다. 좀이 쑤시긴 하지만 어쩔 수 없다. 머리 위에 떠 있는 저 회색 알림창이 사라질 때까지 나는 아무것도 하지 못한다. 지금까지 반복해 왔던 일이다.

파란색의 시계가 6분을 초과했을 때야 뭔가 이상함을 깨달았다. 이대로 4분이 더 지나면 강제 로그아웃당하고 말 텐데, 도대체 어디 간 거지? 머릿속이 복잡해지기 시작했다. 안 돼. 얼마 만에 접속한 건데 이대로 또 어둠 속으로 사라질 수는 없다. 메신저로 연결이 되어 있다면 U에게 시끄러운 알림이라도 보내고 싶었다. 플레이하려고 접속한 게 아닌가? 다른 일을 하다가 버튼이 잘못 눌렸나?

　조마조마한 표정으로 시계만 노려보고 있다. 대기화면에 들어와 10분 이상 작동이 없으면 자동으로 튕기듯 화면에서 빠져나와 로그아웃되어 버리는 건 다른 게임도 마찬가지일 거다. 오랜만의 접속이라 설렜는데, 결국 다시 돌아가야만 하는 걸까? 이쪽에서 신호라도 보낼 수 있다면 뭐든 해보겠지만, 안타깝게도 대기화면 안에서 초조하게 기다리는 일밖에 할 수 없다. 뭔가 방법이 없을까?

　주변을 둘러봤지만 여전한 잿빛 어둠이 전부다. U의 반응이 있기 전까지는 손발도 제대로 움직일 수 없다. 그저 조금 더 빠르게, 그래봤자 할 수 있는 건—티도 나지 않겠지만—이쪽에선 몹시 다급한 속도로 손가락이나 발가락을 이리저리 움직이는 정도뿐이다.

　푸른빛을 내뿜는 시계가 째깍, 하고 작은 소리를 내며 10분이 지났음을 알렸다. 10:00이 찍힌 시계를 보자마자 반사적으로 눈을 감았다. 심호흡도 한 번 크게 후, 내뱉었다. 어쩔 수 없다. 이제 돌아가는 거야. 다시 어둠 속으로. 언제 다시 올지 모르는 U를 기다리며, 아무것도 할 수 없는 깊은 잠 속으로.

　나는 포기하듯 길게 숨을 내쉬었다. 하지만 잿빛의

정지화면은 미동도 하지 않는다. 이상한 일이다. 자동 로그아웃을 그동안 수도 없이 겪었지만 이런 건 처음이다. 뭔가 바뀐 건가? 아니면 강제 종료 시간이 15분 이상으로 늘어났나? 어쩌면 한 시간 이상으로?

실눈을 뜨고 주변을 다시 돌아봤다. 아무런 변화도 없다. 그런데 오른쪽 하단의 파란색 시계는 여전히 작동하고 있었다. 11분 03초, 04초, 05초. 11분이나 지났는데 아무 일도 없다고? 정말 자동 로그아웃 시간이 늘어나기라도 한 걸까? 하지만 마지막 플레이 때를 돌이켜 보면, 그럴 가능성은 현저히 적었다. 자동 로그아웃 시간을 늘리는 일 따위에 신경 쓸 개발진이 있다면 종종 화면에 나타나는 노이즈 없애기나 버그 잡기에 더 치중했을 것이 분명했다.

다시 두 눈을 크게 떴다. 좀 전까지 삐걱대는 듯한 손과 발을 살근살근 양옆으로 돌려봤다. 확실히 몇 분 전보다는 움직임이 좀 나아진 느낌이다. 나는 눈을 여러 번 깜박이며 잿빛 화면을 다시 응시했다. 파란색 시계는 그대로였다. 시간은 계속 흐르고 있었지만, 다른 현상이 나타나거나 화면이 바뀌지는 않았다. 심지어 계속해서 나를 괴롭히고 U를 짜증 나게 만들던 그 공지 창도 사라진 지 오래다.

이건 확실히 좀 이상한데? 가만히 서 있는 몸을 이리저리 기우뚱거리며 움직여 봤다. 그러자, 약간의 어지러움이 올라왔다. 음. 이건 그로기 상태에서 회복 물약을 먹었을 때 자주 나타나던 현상이다. 발을 딛고 서 있는 바닥이 마치 고운 모래를 쌓아둔 것처럼 폭신하고 부드러웠다. 원래 이런 재질이었나? 머릿속으로 항상 U가 로그아웃하던 내 집 난로 옆의 카펫 바닥을 떠올렸다. 빨간색과 갈색, 그리고 검은색의 도톰한 직물을 엮어 만든, 밟으면 소음이 거의 나지 않는 폭신한 카펫. 홀로민 주점의 등불 아래 구석 자리 테이블 다음으로 내가 제일 좋아하는 자리가 바로 그곳이다. 내가 항상 잠들고 깨어나던 곳.

눈을 크게 뜨고 주변을 둘러봤다. 째깍대는 소리를 내며 파란색 빛을 발하고 있는 시계는 이제 더 이상 중요하지 않다. 뭔가 이상한 일이 벌어지고 있는 게 분명하다. 파악할 수 없는 오류라거나, 혹은 U의 화면이나 장치의 오류, 그것도 아니면…… 서버의 문제? 무엇 하나 명확하게 진단할 수 없었다. 아마 가장 큰 문제라면, 게임에 아직도 산재해 있는 버그들이겠지. 매주 한 번씩 새벽 시간 임시 점검을 통해 청소기를 돌린다고 해도 버그는 계속해서 생기기 마련이니까. 아마 지금의 현상도 버그가 아닐까 싶은 생각이 들었다.

그렇지만 발밑을 계속해서 간질이는 이 이상하고 보들보들한 감각은 뭐라 설명하기 힘들다. U가 드디어 로그인을 마쳤지만 화면이 암흑으로 보이는 오류라도 생긴 걸까? 그래서 내 감각의 일부만 난로 옆 카펫에 고정되어 있는 걸까? 이런저런 생각이 꼬리에 꼬리를 물고 머릿속에서 길게 이어졌다. 평소보다 더 긴 시간 동안 머리를 굴린 탓에 미미한 두통이 올라오는 기분이 들었다. 접속에 걸리는 평균 시간이 보통 이 정도는 아니었으니까. 다시 말해, 이렇게까지 내가 사색—이라고 해도 좋을지 모르겠지만—을 하며 유저의 명령을 기다리기만 하는 건 이번이 처음이라는 거다.

그 순간, 바닥의 어딘가가 갑자기 솟아오르듯 꿀렁거리는 느낌이 발바닥을 통해 전달되었다. 나는 깜짝 놀라 주춤하다 바닥에 주저앉고 말았다. 제대로 엉덩방아를 찧었지만 별다른 통증은 느껴지지 않았다. 바닥에 반쯤 누운 것 같은 자세로, 반사적으로 엉덩이 부근을 툭툭 털었다. 어깨에서부터 내려오는 긴 리넨 로브의 허벅지 부근이 구겨져 있었다. 손을 뻗어 무의식적으로 구겨진 리넨을 바로 펴면서 다시 엉덩이를 툭툭 털었다. 그러다 문득 중요한 사실을 놓치고 있다는 걸 깨달았다.

잠깐, 잠깐만……. 움직일 수 있잖아? 손도, 발도, 다리랑 팔, 몸의 전부를.

반사적으로 고개를 두리번거렸다. 몸을 움직일 수 있다는 건 U가 게임을 실행했고 서버에 접속을 완료했다는 말이다. 사실 당연하다. 나는 U가 있어야만 움직일 수 있으니까. 처음 이 세계에서 태어날 때부터 그랬다. 나와 U는 한 몸이다. 그가 움직이는 곳이 곧 내가 있는 곳이고, 그의 선택에 맞춰 몸을 움직이는 게 내 일이니까.

자리에서 일어나, 엉덩이를 두어 번 두들겼다. 작은 모래알 같은 게 허리춤과 허벅지에서 떨어지는 감각이 느껴졌다. 적어도 모래 위에 있거나, 비슷한 재질의 바닥에 서 있는 건 맞다. 하지만 왜? 그리고 어떻게 움직일 수 있지? 이것도 U의 의지인가?

눈을 가늘게 뜬 채 주의 깊게 주변을 둘러봤다. 몇 분 전보다 확실히 시야는 확실히 밝아져 있었다. 파란색 시계는 여전히 움직이고 있지만, 이젠 시계나 시간 자체가 중요하진 않았다. 나는 조심스럽게 한 걸음 앞으로 발을 뻗었다. 또다시 발바닥을 타고 올라오는, 아주 부드러운 감각. 그제야 내가 신발을 신지 않고 있다는 걸 깨달았다. 아끼던 연청색 부츠는 어딜 갔지? 손등을 부드럽게 덮고 있던 반장갑 또한 사라져 버렸다.

나는 재빨리 몸을 더듬어, 잃어버린 옷가지가 더 있나 살폈다. 부츠와 장갑을 제외하면 다른 옷은 그대로인 것 같았다. 아직도 손과 발을 자유롭게 움직일 수 있다는 사실이 믿기지 않지만, 일단 확인부터 먼저했다. 왼쪽 어깨에 가죽 가방이 길게 늘어져 있을 게 분명한데……. 옳지. 여깄다. 가방 안에 가볍게 물약들이 달랑거리며 유리잔이 부딪치는 소리를 냈다. 하나, 둘, 셋, 넷……. 물약의 개수 또한 그대로다. 가방에서 손을 뺀 후, 다시 허리 부근을 짚었다. 딱딱한 허리띠를 따라 손가락을 옮겨 무기들이 그대로 있는지 확인했다. 짧은 나이프, 그리고 책을 열 때 쓰는 손바닥 정도 크기의 구슬, 튜토리얼 때부터 끼고 있는 기본형 장창, 그리고…….

책. 책이 없다. 옆구리에 있어야 할 책이 사라졌다. 책에 책갈피처럼 끼워져 있던 차가운 구슬의 감촉만이 흔들거린다.

놀란 마음을 진정시키며 가방을 다시 훑었다. 바닥

에 주저앉아 혹시 근처에 흘리지 않았나 싶어 손을 더 듬거렸다. 시야는 아까보다 조금 더 밝아진 느낌이었지만, 여전히 사물의 구분은 되지 않았다. 어, 그러니까…… 접속 대기 창이 원래 이렇게 밝기를 조절할 수 있는 곳이었나?

책을 바닥에 떨군 건 아니다. 눈을 두 번 비비고 조심스럽게 재차 바닥을 훑었지만 부드러운 모래 말고는 아무것도 만져지지 않았다. 그럼 어디에 두기라도 한 건가? 하지만 아무리 생각해 봐도 떠오르는 장소는 없었다. 아니, 애초에 책은 그렇게 쉽게 사라질 수 있는 물건이 아니다. 지금까지 이런 적은 한 번도 없었어. 레벨 1에 수렴하던 초보 때에도 언제나 귀속 아이템으로 가방 안에 있거나 옆구리에 붙어 있거나 했던 책이다. 그러니까 이 책은 티리스라면 누구나 가지고 태어나며, 몸에 항상 부착되어 있는 옷과 같은 존재란 말이다.

일단 책을 찾는 일은 뒤로하고, 이 공간을 밝힐 것부터 찾아야겠다는 생각이 들었다. 주변이 너무 어두웠다. 지금 어디에 있는지부터 살피는 게 급선무다. 우선 발밑에 여전히 폭신하고 까슬한 감각이 느껴지는 걸 보니 모래를 밟고 있는 건 명확했다. 그렇다면 여기는 바닷가 어딘가인가? 하지만 바닷가 근처를 마지막으로 가본 건 기억도 나지 않는 아득한 옛날이다. 레벨 5 이하의 캐릭터들이 주로 사냥하고 채집하며 경험치를 쌓는 곳이 물가 근처이기에 그때는 지겹도록 들락거렸지만 그 이후에는 한 번도 가본 적이 없다. 섣불리 움직이면 다칠 수도 있겠다는 생각이 들어 몸을 잔뜩 움츠렸다.

그러다 문득, 자체 발광이 가능해 은은하게 주변을 밝힐 수 있는 옷이 인벤토리에 들어 있다는 걸 떠올렸다. 그래, 기억났어. 처음 광산에 방문할 때 필수 퀘스트를 하면서 사둔 아이템이 있지. 영원히 귀속되는 옷이 다른 곳에 있을 리 없다. 물론 이렇게 옆구리에 들려 있어야 할 책은 없지만. 그게 귀속 아이템은 아니었던가?

나는 아이템 창을 열어, 습득 시기 순으로 나열된 아이템들 가운데 가장 안쪽에 위치한 채굴용 로브를 꺼냈다. 천 하나로 이루어져 있고 등불처럼 환하게 주변을 밝히지는 않지만, 적어도 바로 눈앞이나 발밑 정도는 확인할 수 있는 옷이다. 다행히 로브는 그 자리에 그대로 있었다. 광산에 간 지도 벌써 오래전이고, 굳이 채굴용 로브를 입지 않아도 충분히 다른 아이템으로 주변을 밝힐 수 있었기에 이걸 꺼내는 것도 오랜만이다.

툭툭 털면 먼지가 풀풀 날 것 같은 로브에 몸통을 구겨 넣었다. 그러자 바로 주변이 조금 밝아졌다. 나는 몸을 이리저리 돌려가며 지금 있는 곳이 어딘지를 우선 확인했다. 아이보리색 찬장과 녹색 페인트로 마감된 식탁, 그리고 구석에 놓인 커다란 대걸레와 빗자루……? 뭔가 좀 이상한데? 너무 익숙한 느낌이 들었다. 이렇게 생긴 공간은 딱 하나밖에 없다. 여긴 그러니까…… 집이랑 꼭 같은 구조잖아?

정확한 확인을 위해 언제나 촛불과 성냥을 넉넉하게 넣어두던 서랍을 열었다. 역시, 그대로다. 다른 유저들도 이렇게 가지런히 정리해 두는지는 모르겠다. 어쨌든 이건 U의 습관이다. 랜덤으로 정전이 발생하는 티리스 구역에서는 집집마다 누구나 불을 밝힐 도구를 구비해 두고 있다. U는 돌발 상황에 대비하기 위해 서랍 안에 언제나 무언가를 가득 채워두곤 했다. 철지난 아이템과 원래 뭐가 들었는지 알 수 없는 약병, 완료된 퀘스트 목록이 적힌 쪽지. 가끔은 여기 왜 넣어둘까 싶은 아이템들도 들어 있지만, U의 속내를 모르니 정확한 사정도 모른다. 아무튼 늘 보던 물건들이 그대로 있는 서랍이라면 여긴 나와 U의 집이 확실했다.

5분간 지속되는 성냥을 촛불에 붙여 불을 켰다. 그러자 방 안이 곧 환하게 밝아졌다. 바닥에 가득 찬 모래를 제외하면, 앞으로 구르고 옆으로 구르면서 봐도 여긴 내 집 안이 맞다. 나는 고개를 갸우뚱했다. 마지막에 접속을 마친 장소는 분명 이곳에서 멀리 떨어진 숲속 지하 던전이었던 것 같은데, 왜 여기에 와 있는 거지? 아무리 장시간 동안 게임을 떠나 있었다고 해도 자동으로 워프가 되거나 귀환이 되진 않을 텐데 말이다. 그나저나, 이 모래는 도대체 무슨 일이람.

나는 늘 앉던 식탁 의자에 앉아 테이블 위의 세이브 파일을 꼼꼼히 훑었다. 맨 위에 있는 자동저장 파일을 클릭하자 조그마한 정보가 머리 위로 퐁, 하는 소리를 내며 올라왔다. 흠. 마지막 접속지는 역시 던전이 맞다. 121 레벨 승급을 코앞에 두고 있기에 경험치를 최대한 많이 주는 곳에서 사냥을 하고 바로 로그아웃되었던 것으로 기억한다. 내 기억이 가물가물한 이유 또한 그곳에 적혀 있었다. 마지막 로그아웃으로부터 63일 2시간 38분이 지나 있었다. 그러니까 물리적으로 대략 두 달 이상을 접속하지 않은 거잖아? 이야, 이건 좀 너무한데?

혹시 울렁거림과 옅은 두통도 이것 때문인가? U는

접속해서 아무것도 하지 않는 날은 있을지언정 접속 자체를 하지 않은 날은 단 하루도 없었다. 오죽하면 게임 내에서 발견하기 힘든 '1300일 연속 접속' 칭호를 획득했을까. 생각난 김에 지난 업적과 수여받은 호칭 목록을 뒤져볼까 싶은 생각이 들었지만, 곧 그만두었다. 우선은 내가 왜 집에 있는지, 그리고 어떻게 U 없이 움직일 수 있는지 그 이유를 확인해야 했다. 그러기 위해선 집부터 조사하는 게 좋을 것 같았다.

바닥에 모래가 잔뜩 쌓여 있는 이유는 알 길이 없었지만, 어쨌든 그 외에 다른 건 그대로처럼 보였다. 성냥이 꺼지려고 하는 찰나, 다른 성냥에 불을 옮겨 지속 시간을 늘렸다. 다섯 번 정도 반복하면 20분 정도는 캄캄한 벽을 짚지 않아도 될 것 같다. 서랍 안의 남은 성냥을 아이템 창에 모조리 쓸어 넣고 자리에서 천천히 몸을 일으켰다. 오랜만에 밟아보는 모래였지만 금세 적응되었다. 푹푹 빠지는 발밑의 촉감도 그럭저럭 견딜 만했다.

익숙한 방을 한 번 더 둘러보며 챙길 만한 걸 챙겼다. 오랜 시간에 걸쳐 구매하고 교환하며 차곡차곡 모아둔 가죽 가방은 그대로였다. 오랜 시간 사용하지 않아 효과가 모두 사라진 물약 두어 병을 내려놓고, 서

랍과 수납장 안에 넣어둔 가공식품 몇 개를 가방 안에 넣었다. 지금은 허기가 느껴지지 않지만 어떻게 될지 모르는 거니까.

쓸 만한 아이템을 모두 챙긴 후, 굳게 닫힌 대문 앞에 섰다. 워프 기능이 아직 살아 있으니 마지막 던전이나 마을로 바로 워프할 수도 있었지만 그러고 싶지 않았다. 혹시 알 수 없는 오류로 이상한 곳에 떨어지기라도 하면, 내가 스스로 해결할 수 없는 문제가 불시에 일어나면 큰일이니까. 제일 안전한 건 이대로 아늑한 집 안에 앉아 U를 기다리는 것일 테다. 그러나 마지막 접속 일자를 떠올려 보면 그건 그것대로 무모한 일이었다. 움직일 수 없다면 또 모를까. 아무튼 무슨 연유에서인지 U의 지시가 없이도 이렇게 자유자재로 움직일 수 있고, 무엇보다 집 밖은 타 종족이 드나들 수 없는 티리스만의 구역이라 안전한 편이니 나가보자고 마음 먹었다.

하지만 긴장이 되긴 마찬가지다. 나는 크게 호흡을 가다듬고 조심스레 문을 옆으로 밀었다. 그러자 낮은 풀벌레 소리가 귓가에 내려앉았다. 그 소리를 듣고 나서야 마음이 진정되는 느낌이었다. 이미 고향에 있지만, 비로소 '진짜' 고향에 왔다는 생각이 들었다고 해야 하나.

티리스 종족의 본거지는 숲으로 둘러싸여 있어서 우리는 날 때부터 각종 나무에서 자라는 풀과 꽃, 날벌레와 나비 등에 익숙하다. 늦은 밤이면 대개 많은 티리스들이 지역의 중앙 광장에서 안전하게 세이브를 하곤 하는데, 가끔 파티원들과 함께 던전 레이드를 뛰거나 다양한 파티에 초대되어 서브 퀘스트를 하게 되면 티리스 거주 구역이 아닌 다른 구역, 다른 종족의 땅에서 꼬박 며칠을 지낼 때가 있다. 레벨이 어느 정도 쌓여 티리스 구역을 떠나 지도를 밝히며 여러 땅을 여행하기 시작할 때부터 티리스 외의 다른 지역은 이만큼 울창한 숲이 없다는 사실을 깨달았다. 숲과 나무가 충분하지 않아서 자연스레 반딧불도 나비도 없고, 그러니 크고 작은 곤충들의 은은한 날갯짓 소리도 들릴리 없다. 꽤 오랜 시간 마을에서 나가 지냈기에 몹시도 그리웠던 일상이다. 나는 눈을 감고 한동안 가까운 곳에서 들리는 풀벌레들의 합창을 음미했다.

집 앞의 풍경은 역시나 크게 변한 것이 없어 보였다. 한밤중이니 아무도 없는 건 당연했다. 게다가 이쪽은 거주 구역이라 돌아다니는 NPC가 있을 리 없다. 근거리에서 눈을 반짝이며 이쪽을 바라보는 조그마한 들짐승들의 실루엣을 보니 다시 마음이 놓였다. 흙으로 곱게 다져진 마을 길은 모두 광장 쪽으로 이어져 있었다. 나도 모르게 구불구불 놓인 오솔길을 따라 발걸음이 움직였다. 매번 집까지 귀환석이나 워프로 이동해서인지 이 길을 두 다리로 걷는 건 오랜만이었다. 별다른 건 없어 보였지만 너무 오랜만이라 눈치채지 못했을 수도 있다.

다섯 갈래의 오솔길이 하나로 모이는 광장에 들어서자, 무한으로 물을 뿜어내는 분수가 제일 먼저 눈에 들어왔다. 중앙 광장의 상징과도 같은 곳이다. 은은한 상아색을 띠며 마을의 정중앙을 굳건히 지키는 저 분수가 촌스럽다고 투덜거리는 유저들도 제법 있었다. 분수에 시험 삼아 무언가를 집어넣어 보려 애를 쓰는 유저들도 있었지. 마을에서 레스토랑에 버금갈 정도로 가장 활기차고 시끄러운 곳인데, 어쩐지 오늘은 몹시 조용했다. 확실히 뭔가 이상하다. 이 오솔길의 끝에는 분명 마을 방범대가 서 있어야 하고 심드렁한 인사를 건네야만 하는데……? 애초에 그 이름 없는 방범대원이 마음대로 돌아다닐 수 있는 NPC였던가?

다급한 마음으로 분수 앞까지 한달음에 달려가 분수 주변을 훑었다. 마을에 너무 오랜만에 왔다. 중앙 광장에 마지막으로 발 도장을 찍은 게 언제였는지 생각해 봤다. 짐작으론 반년 정도 된 것 같은데. 중앙 광장 게시판에 적혀 있는 퀘스트들은 다 초보들을 위한 것이기도 하고, 분수 근처에 널려 있는 유저들의 좌판 상점도 전부 초보템이나 초보 졸업템으로 꾸려져 있어 특별히 누군가를 만날 일이 없다면 부러 오지 않게 되는 곳이니까 어색하게 느껴지는 건 뭐 당연하겠지.

그런데 뭔가 이상하다. 동시 접속 유저들이 없으면 좌판이 열리지 않으니 그건 뭐 그럴 수 있다고 쳐도, 분수대 근처가 너무 고요했다. 마치 처음부터 아무것도 없었던 것처럼 말이다. 분수대 주변은 언제나 이런저런 NPC로 북적거리곤 했다. 지금 이곳은 개미 한 마리 없이 고요하다. 마치 시간이 멈추기라도 한 듯 말이다.

이건 일종의 버그인가? 지금까지 NPC가 갑자기 사라진 사건은 없었기에 몹시 스산한 기분이 들었다. 아니면 서버 업데이트를 하기 위해 잠시 어딘가에 모아둔 걸까? 전체 시스템에 대한 지식이 많지 않으니 답답한 마음이 들었다. 주어진 퀘스트를 하고, 부족한 아이템은 사거나 줍고, 길드원들과 수다를 떨거나 사냥을 나가는 일을 평생 반복적으로 해왔기에 그 이상의 변수를 쉽게 떠올릴 수 없었다. 그 모든 순간들은 U와 함께였고, '게임'이라 불리는 이 세계에 관한 지식을 습득한 건 U와 길드원들의 대화를 통해서였다. 나는 분수대에 잠시 걸터앉아 생각을 가다듬었다. 정말로, 뭐가 어떻게 된 거지?

광장 어귀에 피어 있는 노란색 유채꽃도, 광장부터 상점가까지 길게 피어 있는 형형색색의 수국도 그대로였고 아주 멀리서 들려오는 매미와 여치 소리도 그대로였다. 문득 수많은 인파로 북적거리던 이 티리스 종족의 마을에 '혼자 있는 것 같다'는 생각이 드니, 좀 전에 집 대문을 열자마자 느꼈던 안락한 기분이 순식간에 사라졌다.

그래도 누군가가 있을지도 모른다는 생각에 나는 조심스레 상점가로 발길을 옮겼다. 양쪽으로 옹기종기 모여 있는 대여섯 개의 상점 앞을 끊임없이 뛰어다니던 작은 꼬마들도 보이지 않았다. 쥐나 고양이, 강아지 같은 작은 동물들도 없었다. 북실한 털을 자랑하며 걷던, 이름이 백설인가 인절미인 커다란 개도 보이질 않았다. 하늘 높이 떠 있는 해는 몹시 밝았고 길가에는 따스한 기운이 올라오고 있었으나 무엇 때문인지 소름이 끼쳐 몸을 움츠렸다. 혹시나 나도 모르는 새에 상태 이상에 걸린 건 아닐까 캐릭터 창을 들여다봤지만, 내 몸에 특별한 이상은 없었다.

상점가에 들어서자마자 손에 잡히는 대로 문을 열어 안을 확인했다. 제일 먼저 찾은 곳은 티리스 마을에서 가장 눈에 띄는 장소이자 유저들로 늘 북적거리는 대장간. 이곳에 아무도 없다면 '정말로' 아무도 없는 거란 생각이 우선 들었기 때문이다. 대장간 내부는 비좁기에 NPC가 숨거나 몸을 기댈 만한 공간도 없다. 뭐, 그런 것과 상관없이 대장간지기 필론은 항상 근사한 너털웃음을 보여주곤 했지만.

혹시 하는 마음으로 기대를 했지만 역시 대장간 안에는 아무도 없었다. 필론이 작업 중이던 소형 선반이나 작업 틀 같은 도구들은 내가 기억하는 그 자리에 그대로 있었으나 정작 필론은 없었고, 이름이 기억나지 않는 깡마른 조수도 보이지 않았다. 평소 대장간은 발 디딜 틈이 없어 종종 유저들끼리 불편하게 겹쳐지는 상황이 연출되던 곳이다. 단지 필론이 사라졌다는 이유로 대장간이 내 집보다 세 배는 넓어 보이다니, 정말 알 수 없는 일이다.

대장간에 필론이 없다. 그렇다면 다른 상점들의 상황도 불 보듯 뻔했다. 필론은 장로를 제외하면 마을의 가장 오래된 존재로 내가 이 세계에서 태어나 생활할 때부터 매일 이곳에 서 있던 대장간지기다. 여러 번의 업데이트를 거쳐 식료품 상점의 주인과 티리스 마을 안을 돌아다니는 떠돌이 물약 상인의 외향과 성향이 바뀔 때에도 필론은 예전 그 모습을 유지하던, 말하자면 티리스 마을의 '터주' NPC나 다름없었다. 그런 그가 대장간을 떠나 어딘가로 사라졌다는 건 있을 수 없는 일이다.

나는 장작불의 뜨거운 기운을 느끼며, 선 자리에서 캐릭터 창과 퀘스트 창, 내가 확인할 수 있고 접근 가능한 모든 창을 열어 바뀐 게 없는지 꼼꼼히 확인했다. 혹시 내가 모르는 퀘스트가 진행되고 있거나, 어느 순간 히든 퀘스트라도 발동된 건 아닐까? 하지만 이렇다 할 새롭거나 기이한 정보는 없었다. 평소라면 은은하게 느껴질 U의 기운도 여전히 느껴지지 않았다.

NPC가 모두 사라진 마을은 더 이상 내가 알고 있는 마을이 아니다. 그럼 이제 뭘 해야 하지? 집으로 돌아가서 휴식을 취하며 뭔가를 기다려야 하나? 아니면 그 모래 범벅이 된 집을 청소라도 해야 할까?

머릿속에서 질문이 계속 꼬리에 꼬리를 물고 뱅뱅 돌았다. 머리가 지끈거리는 느낌이 들어서 아이템 창에 있던 진통제 물약 하나를 털어 넣었다. 그러자 빨간색 HP 수치 위에 미세한 초록색 바가 생겼다. 지금 느끼는 통증이 진짜인지 가짜인지 알 길은 없지만, 우선 내 감각을 믿기로 했다. 아직 어색하지만 이제 몸을 움직이는 건 어느 정도 적응했다. 아이템 창에 쑥 손을 넣어 필요한 물건을 꺼내 주머니에 담거나 섭취하는 행동도 생각보다 빨리 익숙해졌다. 원래는 모두 지극히 당연하고 익숙한 일이었는데 말이지.

주기적으로 훅, 훅, 소리를 내며 저절로 움직이는 풀무를 보고 있으니 마음이 조금 안정되는 느낌이 들었다. 아니면 진통제 성분 때문이려나? 어쨌든 이 모든 상황을 이해하는 데 꽤 오랜 시간이 걸릴 것 같았다. 당장 생각해 볼 수 있는 건 버그, 혹은 대규모 서버 업데이트. 그것도 아니라면 그냥 사소한 오류. 하지만 뭐가 되었든 U가 계속 접속을 하지 않고 있다는 사실만은 변하지 않는다. 이런 경우는 전에도 없었고 앞으로도 없겠지.

열기가 가득한 대장간의 문을 열고 밖으로 나왔다. 문을 닫고 대장간 앞에 서서 한 시간 정도 누가 지나가지 않을까, 혹은 자리를 잃은 NPC가 돌아오지 않을까 기다렸지만 아무 일도 일어나지 않았다. 필론은 고사하고 풀벌레 따위의 곤충들이 우는 소리도 어쩐지 다소 잦아든 것 같았다. 같은 자리에서 계속 주변을 둘러보며 무언가 바뀌진 않는지 꼼꼼히 살폈으나 수확은 없었다. 아직 해가 밝아 그런 걸까. 이대로 있다가 날이 어두워지면 모두 집으로 상점으로 돌아오는 건 아닐까?

나는 하루만 더 티리스의 마을에 있어보기로 결심했다. 우선 제일 익숙한 이곳을 거점으로 잡고 어디든 움직여서 상황을 좀 파악해야겠다는 생각이 들었다. 내가 가진 세 개의 워프 마크 중 한 개는 티리스 마을에 영구 고정되어 있으니, 마을 밖을 돌아다니다가 이상한 낌새가 보이면 안전한 이곳으로 돌아오면 그만이다. 계속 집중하고 있자니 좀이 쑤시는 기분이 들었고, 머리도 다시 아파올 것 같았다.

자리를 툭툭 털고 일어나 천천히 마을 경계 쪽으로 걸어갔다. 여기 있어야 할 두 명의 방범대원들은 당연히 자리에 없었다. 뭐, 이젠 놀랍지도 않군. 다른 종족이 마을 어귀를 서성이면 자동적으로 튀어 나가 그들을 몰살해 버리던 강한 체구의 대원들이 없다고 생각하니 좀 걱정이 되었다. 티리스 마을은 타 종족이 들어올 수 없고 마을 밖까지 PK 금지 지역이 이어져 있으니 큰 걱정을 하지 않아도 될 것 같았지만 묘한 긴장감과 두려움이 느껴지는 건 어쩔 수 없었다. 나는 지금까지 단독으로 전투를 해본 적이 없기 때문이다.

그리고 그건 다른 티리스들도 마찬가지일 테다. 우리는 힐러 종족이니까. 우리의 귀속 무기인 장창은, 이름만 '창'이지 다른 종족이 나뭇가지를 들고 찌르는 것보다 훨씬 낮은 데미지를 입힌다. 힐링 말고 특별히 구사할 만한 전투 마법도 없다. 하지만 언제나 힐러 품귀 현상이 일어나고 파티 전투에서 개인 힐링, 광역 힐링을 담당하는 티리스 유저가 점점 사라지고 있기에 레이드에서 언제나 극진한 대우를 받아왔다. 직접 전투에 약한 대신 그만큼 경험치도 많이 받는 편이다. 티리스가 늘릴 수 있는 건 오로지 방어력과 광역 힐, 두 개뿐이다.

U는 대규모 패치로 인해 법사 종족인 '몰탄'이 사라진 이후, 그 종족이 구사하는 전투 마법 중 단 하나라도 티리스에 이식되길 바랐다. 패치가 예고된 주부터 밤마다 길드원에게 제발 힐러도 그럴싸한 마법 하나만 쓸 수 있으면 좋겠다고, 몰탄이 사라질 거면 조그마한 파이어볼 몇 개는 티리스가 가져올 수 있는 거 아니냐고 불만을 털어놓았다. 길드원들 대부분은 몰

탄도 티리스도 아닌 크리타나 샤할린 종족이었기 때문에, 그 누구도 U의 말을 귀담아듣는 사람은 없었다. 나도 그 생각을 하지 않은 건 아니지만 U의 컨트롤이 워낙 좋아서 전장에서 죽는 일은 손에 꼽을 정도였으므로 그냥 그렇구나, 속으로 수긍만 했을 뿐이다. 내 의견이 아니라 U의 의견이 중요했기 때문에.

"법사 없는 게임이 세상에 어디 있냐." 길드원들이 자주 하던 말이었다. 왜 몰탄족이 사라져야 했는지 나야 알 길은 없지만, 그 일을 두고 길드원들은 이 게임에 망겜 징조가 흐른다고 비판하곤 했다. 다만 U는 그런 말에 동조하지 않았던 걸로 기억한다. 클로즈베타 때부터 게임의 일원이었으니 그만큼 버프도 많고 칭호도 여러 가지여서 그랬던 걸까. 뭐, U 덕분인지 아닌지 모르겠지만, 어쨌든 나는 이 세계에 태어나서 별다른 불편 없이 잘 지내고 있었다. 티리스 종족 중 단일 능력으로 상위 랭크 언저리를 웃도는 캐릭터는 아마 나밖에 없을 것이다.

장창을 가장 최상위 버전으로 업그레이드하고 갈고 닦는다고 해도, 티리스의 장창은 일정 수준 이상 나아가지 못한다. 그래도 없는 것보단 나으니까 나는 가방 안에 있는 장창을 꺼내 오른손에 들고, 왼손 손목에는 워프를 빨리 발현시킬 때 쓰는 작은 팔찌 형태의 스위치를 장착했다. 혹시 모를 사태가 일어나면 그냥 튀면 된다. 이럴 때에 대비해 은신 스킬을 좀 찍어두면 좋았을 텐데. U는 체력도 높지 않으면서 늘 전장의 중앙에서 얻어터져가며 힐링을 하는 성격이라 그 스킬 트리 자체를 눈여겨본 적이 없다.

마을의 경계선을 벗어나 티리스 마을을 둥글게 감싸고 있는 각인의 숲으로 들어왔다. 빽빽한 나무들 사이에 들어서자마자 시야가 어두워졌다. 머리 위로는 여전히 파랗고 쨍한 하늘이 멀리 보이지만, 넓고 촘촘한 잎을 가진 나무들만으로 이루어진 탓에 들어오면 시간이 멈추는 느낌, 다른 계절을 통과하는 기분이 든다. 각인의 숲의 겨울을 구경하기 위해 한겨울 눈보라가 몰아치는 날을 골라 이곳에 방문한 적이 있다. 다른 종족의 마을들처럼 마을 인근에는 초보들을 위한 사냥터와 작은 퀘스트 던전들이 즐비하기에 어느 정도 레벨이 쌓이고 나면 올 일이 거의 없다. 하지만 각인의 숲은 대륙 전체에서도 빼어난 풍광을 자랑하는 덕분에 초보들뿐만 아니라 다른 종족들도 그 풍경을 구경하러 한번쯤은 들르고는 한다. 초보 지역이라 PK 금지는 당연하다. 그 때문에 그늘이 이렇게 길게 드리워져 있어도, 빛 한 줌 없는 밤에 돌아다닌다고 해도, 은신한 채 접근하는 타 종족을 두려워할 필요는 없다.

오랜만이긴 하네. 낯선 공기가 느껴지는 거대한 숲속을 걸으며 중얼거렸다. 앨범 어딘가에 분명 각인의 숲에서 찍은 사진들이 남아 있을 테다. 사진이 어디에 보관되어 있는지 지금은 기억나지 않지만, 이따 집에 돌아가면 한번 찾아볼까.

이 숲에는 마땅한 야영지가 없다. 걸어서 마을과 반대 방향으로 쭉 간다면 곧 굉음의 사막이 나올 것이다. 그 뒤로는 샤할린 구역이 있다. 샤할린들이 거주하는 마을은 다른 종족이 들어갈 수 없고, 굉음의 사막은 PK가 가능한 지역이니 굳이 거기까지 갈 생각은 없다. 우선 아주 오래된 기억 속에 존재하는 이 숲이 제대로 기능을 하는지 알 필요가 있었다.

머리 위로 긴 그늘이 드리워지자, 그제야 내가 아직도 채굴용 로브를 입고 있다는 사실을 깨달았다. 재빨리 몸을 움츠리고 고개를 숙였다. 등 뒤로 식은땀이 길게 흘렀다. 이대로 계속 마을에서부터 활보했다면 분명 적대 관계에 있는 무언가가 나를 발견하지 않았을까? 채굴용 로브의 빛은 광산이 아닌 야외에서는 특별히 눈에 띄지 않는다 하더라도, 광산과 동일한 급으로 어둠을 품고 있는 각인의 숲이라면 이야기가 달라진다. 나는 헐레벌떡 옷을 벗어 아이템 창 안쪽에 밀어넣고, 들고 있던 창을 반으로 접어 몸을 낮췄다.

그 상태로 몇 분이나 기다렸을까. 숲 어디에서도 인기척이 느껴지지 않는 걸 확인한 후 자리에서 일어나 양옆 멀리까지 체크를 마쳤다. 인기척은 고사하고 숲에서 흔히 돌아다니던 다람쥐나 청설모도 없다. 바닥에 솔방울이나 도토리 등이 잔뜩 떨어져 있긴 했지만 특별한 건 없었다. 지금 계절이, 가만 보자…… . 여름이군. 여름철에 도토리는 찾기 힘든 편이라 좀 의외였지만, 숲에 오랜만에 온 만큼 뭐든 변했을 수도 있을 것 같아 금세 그 생각을 접었다.

숲의 정중앙에 다다랐다는 생각이 들었을 즈음 맵을 열었다. 왼쪽 손목에는 워프 스위치가 반짝거리며 간헐적인 빛을 발하고 있었다. 큰 돌 위에 앉아서, 워프의 빛을 등불 삼아 맵을 다시 확인했다. 여기서 오른쪽으로 꺾으면 굉음의 사막, 왼쪽으로 가면 온갖 잡상인들이 모이거나 상위 랭커들이 랭킹전을 벌이는 결투장, 그리고 각자의 마을을 포함해 여러 던전으로 한번에 이동할 수 있는 간이 워프들이 놓인 시계 광장이 있다. 걸어온 길 뒤편에 있는 조그마한 자갈길로 가면

산호수바다가 나오고, 그 바다 근처는 아마도⋯⋯. 그래, 맞다. 역시 금지 구역이었지. 원래는 몰탄족이 모여 사는 섬이 있었으나, 그들이 사라진 이후 섬으로 향하는 선착장은 고사하고 바닷가 길마저 전부 막혀버렸으니 이쪽으론 그 누구도 갈 수 없다. 지도에 검게 표시된 부분을 손으로 짚어 확인한 후, 다시 시선을 지도 중앙으로 옮겼다.

오늘은 각인의 숲 정도만 둘러보는 게 좋을 것 같았다. 곧 해가 질 테고, 오래전에는 익숙했을지언정 지금 나에겐 거의 새로운 장소나 다름없는 이곳에서 어두운 밤을 맞고 싶지는 않았기 때문이다. 딱 해가 지기 직전까지만 걸어보며 이상한 점이 있다면 기억해 두자. 어차피 이곳은 안전지대니까 충돌을 걱정할 필요는 없을 테고, 공격성을 가진 작은 몬스터 정도는 한 손으로도 가볍게 처리할 수 있으니까. 혹시 모르니 도감이라도 한번 체크해 둘까.

나는 자리에 서서 익숙한 손놀림으로 허리춤에 달린 천 가방에 손을 넣었다. 그리고 그 즉시 내 손가락이 천 가방이 아닌 허공을 쓸고 있다는 사실을 깨달았다. 아, 그렇지. 책이 없지. 순간 뻘쭘한 기분이 들어 손을 얼른 제자리로 거뒀다. 몬스터나 약초, 자재 등

지역에 관련된 모든 것이 기록된 책인데, 도대체 어디에 흘린 걸까. 늘 가까이 두고 있던 책이 갑자기 사라지니 엄청난 불편함이 몰려왔다. 기억을 더듬어 이 지역에 출몰하는 몬스터의 유형이 뭔지 떠올려 보려고 했지만…… 너무 옛날 기억이라 소용이 없었다. 어쨌든 지금 내 레벨보다 이곳의 몬스터들은 한참 아래이고 그렇게 위협적인 건 없을 테니까 괜찮을 거다.

그 순간 바로 앞에서 무언가 빠르게 휙, 쉭, 소리를 내며 지나갔다. 반사적으로 몸을 움츠린 나는 동시에 그 물체가 사라진 곳, 그 물체가 향한 곳으로 고개를 돌렸다. 뭐지? 쥐인가? 아냐, 쥐라고 하기엔 너무 컸다. 사슴? 늑대? 이 지역에 늑대가 서식한다는 말은 못 들었는데. 뭐지?

그러자 숲에서 슬라임이나 잡고 걸어 다니는 식충식물이나 썰면서 레벨 업을 했던 기억이 어렴풋이 떠올랐다. 흠…… 그때는 힘들었지만 지금은 상황이 많이 다르긴 하지. 게다가 이렇게 몸을 낮춰 경계할 필요도 없잖아? 나보다 상위 랭크의 누군가를 만난다고 해도 이곳은 전투 구역이 아니니까. 그런 생각이 들자 알 수 없는 자신감이 온몸을 감쌌다. 즉시 일어선 나는 눈앞에서 빠르게 지나간 그 무언가의 흔적을 쫓아 빠르게 걸음을 옮겼다.

먼 탓에 가까스로 가늠할 수 있는 그 물체는 동물도 식물도 아닌 듯했다. 숯 검댕을 뭉쳐놓은 것 같기도 했고, 나무 덤불을 구겨놓은 것 같기도 했다. 접혀 있는 장창을 펼치고 조금 더 가까이 가보기로 했다. 발등에 들풀들이 닿아 버석대는 소리가 나고 있었지만 아랑곳하지 않기로 했다. 내가 제압할 수 있는 대상이라면 선수를 치는 게 무엇보다 중요할 테니까.

어…… 그런데 잠깐. 저게 뭐야. 저건 분명……?

멈춰 있는 물체와 가까운 거리에 진입한 순간, 나는 하마터면 소리를 빽 지를 뻔했다. 바닥에 엎드리듯 웅크린 물체의 뒷모습이 너무 익숙했기 때문이다. 이마에 질끈 묶은 갈색 끈, 어렴풋이 보이는 진회색 장화, 무엇보다 어깨에 걸쳐진 저 체크무늬 수건…….

"필론 아저씨?"

나도 모르게 이름을 먼저 불렀다. 어, 그러니까, 혹시나 하는 마음에서? 당연히 필론이 여기 있을 리는 없다. 그렇긴 한데 저건 분명 사람이 맞고, 무엇보다 옆에 비죽 내려와 있는 저 수건은 대장간지기 필론이 항상 들고 다니던, 정확히는 필론만 가지고 있는 고유 물건 중 하나다.

"……필론?"

대답 없이 웅크린 듯한 자세를 취하고 있는 그것에게 다시 물었다. 다가가서 확인할 용기는 나지 않았다. 창을 던져볼까? 아니다, 그러다 진짜 필론이 맞기라도 하면 어떻게 해. 근데 필론이 맞다면 왜 이런 곳에 나와 있지? 아니면 필론이 물품을 몬스터에게 도둑맞기라도 했나? 하지만 저 복장은 너무도 필론의 그것이다. 나는 퀘스트 창을 열어 미친 사람처럼 목록을 들쑤시며 훑었다. 이게 도대체 무슨 상황이지? 티리스에게만 내려지는 어떤 승급 퀘스트, 혹은 비밀 퀘스트라도 되나?

어떻게 하지? 지금이라도 워프를 타는 게 좋을까? 그래, 그게 좋겠어. 다른 방법을 생각할 겨를은 없었다. 이건 분명 뭔가 알 수 없는 오류일 거야. 나는 왼손 손목을 올려 워프를 발동할 준비를 했다. 그런데 그때, 필론—처럼 보이는 그것—과 눈이 마주쳤다. 그리고 나는 확실히 알게 되었다. 저건 필론이 아니야. 절대로 아니다. 필론일 수가 없다.

필론 모양을 한 어떤 생물체였다. 내가 지금까지 단 한 번도 만나보지 못한, 어떤 무언가였다. 얼굴과 눈, 코, 입을 가지고 있지만 절대 필론은 아니었다. 머리

카락도 목덜미의 수건도 모두 필론의 고유 물품이었지만 필론이 아니었다. 번뜩 빛나는 두 눈, 레이저라도 쏘아댈 것 같은 차갑고 빛나는 저 눈. 필론이 저런 눈을 할 리 없어. 저건 몬스터가 분명해.

나는 엉덩이를 뒤로 뺀 채 달아날 준비를 했다. 저게 이쪽으로 달려오면 그때 뛰자. 뛰면서 워프를 발동하자.

긴장한 채 발을 한 걸음 뒤로 딛자마자, 무서운 눈을 한 그것—몬스터가 이쪽으로 천천히 다가오기 시작했다. 첫 두 걸음은 아주 천천히, 그다음 걸음은 빠르게, 점점 빠르게. 그 속도에 맞춰 나는 곧 뒤를 돌아 마을 쪽으로 달려가며 손목의 워프 스위치를 눌렀다.

〔작동할 수 없습니다.〕

워프 스위치가 작동되지 않는다. 두 번 세 번 반복해서 눌러봐도, 돌아오는 건 무언가를 발동할 수 없을 때 나는 짜증스러운 소음뿐이었다. 슬쩍 뒤를 돌아보니 그것이 무서운 기세로 달려오고 있었다. 이…… 이걸 어쩌지? 이제 어쩌지?

근력이 버텨주길 바라며, 적어도 저것보다는 빠르

길 바라며, 나는 아이템 창의 이동 속도를 높여주는 물약을 바로 원샷하고 미친 듯이 질주하기 시작했다. 들풀 더미를 넘고 녹색 갈대숲을 지나, 아까 밟으며 잠시 쉬었던 흙더미를 피해 작은 연못을 돌아서 저 코너만 넘으면 마을이, 저기까지만 가면 완전한 안전지대가…… 드디어 마을 경계가 보인다. 마을의 빛이 보인다. 살았다. 일단 이번에는 살았어.

"멈춰!"

마을의 초석을 밟으려는 그 순간, 바로 옆에서 누군가 크게 부르짖는 소리에 놀라 그쪽을 바라봤다. 그와 동시에 목덜미에 따끔하고 기분 나쁜 기색이 느껴졌다. '중독' 알림이 곧바로 머리 위로 올라온다. 아…… 상태 이상이다. 이대로는 몇 초도 버티지 못해. 죽는다, 곧 죽는다…….

그대로 땅으로 곤두박질치기 바로 직전, 눈앞에서 무언가 무너지는 느낌이 들었다. 무너지고 깨지는 검은 돌더미를 어렴풋이 본 것도 같은데, 무슨 상황인지 파악할 수 없을 정도로 순식간에 두 눈이 감겼다. 블랙홀에 빠지는 기분이었다. '죽음'은 오랜만에 느껴본다. 원래도 이렇게 빨리 쓰러지곤 했던가? 나는 될 대로 되라는 심정으로, 흐름에 내 온몸을 맡겼다.

2

'일어나세요, 티리스의 수호자여. 당신의 이름
은······.'

깜박이는 커서 앞에 적힌 네 음절 '발렌타인'. 이리
저리 빚어지고 입혀져 각인의 숲으로 처음 떨어졌을
때, 모두가 나를 그렇게 불렀다. 발렌타인, 어서 오세
요. 발렌타인, 이쪽으로 오세요, 발렌타인, 이걸 먹어
보세요. 숲 여기저기에 자리 잡고 기초 퀘스트를 주는
NPC들은 저마다 나를 친근하게 불렀다. 그리고 '발렌
타인'이라는 그 이름이 익숙해질 즈음 나도 내 이름을
꽤 좋아하게 된 것 같다. 물론 U는 어떻게 생각했을지
모르지만.

나중에 길드원에게 하는 이야기로 미루어 짐작해 보면 U, 그러니까 나의 조종자이기도 한 'umj0503'은 발렌타인이라는 이름을 선점한 것이 몹시 기뻤던 듯하다. 나의 생성 일자인 2월 14일이 바로 '발렌타인데이'라는 기념일과 맞물린다고도 했고, 발렌타인은 유명하고 대중적인 위스키 브랜드라고도 했다. 사실 U는 진짜 중요한 건 발렌타인이라는 이름이 자기가 제일 좋아하는 애니메이션 시리즈의 주인공 이름을 따온 것이라며 열변을 토했지만, 길드원 누구도 그 작품을 몰랐기 때문에 그 후 다시는 같은 이야기를 꺼내지 않았다. 이걸 기억하는 이유는 길드원이 새로 들어오거나 불특정 다수로 이루어진 랜덤 파티에 들어갔을 경우 누군가가 U에게 이름의 유래를 가볍게 물으면 U가 빠짐없이 던지는 질문 때문이었다. "혹시, 그 애니메이션 아세요? 우주의 현상금 사냥꾼들 이야기인데요……."

　이후 연차가 어느 정도 쌓이자 이름을 변경할 수 있는 특권이 초기 유저들에게 주어졌다. 그럴 때마다 이 순간만을 기다렸다는 듯 '최강전사' '단일법사' '몸빵지존'과 같이 '아, 저건 좀……' 싶은 이름을 가진 유저들이 앞다투어 캐릭터명을 변경했고, 적당히 고급

지고 멋져 보이는 이름들을 선점하기 위해 안간힘을 썼다. 그 난리통에서 U는 평정심을 유지했다. 수북이 쌓인 이름 변경권, 유저 간에 결코 거래할 수 없는 그 티켓을 주기적으로 쓰레기통에 던지며 말이다.

"……일어나, 발렌타인."

그러니까 아마 나도 U가 느꼈던 자부심, 최초의 이름이자 앞으로도 변하지 않을 것이라고 굳건히 믿고 있는 이 이름에 대한 자긍심을 고스란히 갖고 있는 게 아닐까? 어떤 트렌드와도 멀찍이 떨어져 있으며 적당히 예쁘고 적당히 신비해 보이는 이 이름에.

"발렌타인!"

남이 불러주는 내 이름은 오랜만이다. 어, 잠깐. 이 목소리는 좀 낯선데. 죽고 나면 자동으로 소환되는 소환석을 늘 지키고 있는 그 고즈넉하고 아름다운 대천사의 목소리가 아니다. 이런 목소리는 기억이 나지 않는다.

"발ー렌ー타ー인!"

엄청난 목소리가 귓가를 때리듯이 울렸다. 그와 동시에 눈이 번쩍 떠졌다. 제일 먼저 눈에 들어오는 건 아이보리색 천장, 그리고 저건…… 책장인가, 찬장인가? 여하튼 잡동사니가 가득 쌓인 수납장. 여긴 도대체 어디지? 소환석은 분명 은은한 빛의 반딧불이 돌아다니는 풀밭 한가운데 있다. 그렇다면 죽은 게 아니었나? 소환된 게 아니었어?

눈을 깜박이자 강한 통증이 머릿속 깊은 곳에서 느껴졌다. 으으. 어디 떨어지기라도 한 건가. 재빨리 상태 이상 정도를 확인했다. 약간의 타박상과 경미한 두통. 손바닥이 까진 느낌이다. 그런데 좀 전에 나를 부른 건 분명⋯⋯.

모로 눕혀져 있는 몸을 일으키려는 찰나, 눈앞에 불쑥 무언가가 나타났다. 나는 돌덩이라도 떨어지는 걸까 싶어 눈을 다시 질끈 감았다.

"눈 떠, 괜찮아. 안 죽었어."

빛을 등지고 나를 바라보는 이자는⋯⋯ 아, 역시 대천사는 아니다. 아니, 지금 그게 중요한게 아니라⋯⋯ 캐릭터? 유저? 그런데 저 차림은 분명⋯⋯.

크리타다. 이렇게 가까운 거리에서 크리타 종족과 대치하다니. 나는 자세를 잽싸게 고쳐 앉아 전투태세를 취하려 노력해 봤지만, 두통 때문에 생각처럼 쉽게 자세가 잡히지 않았다. 또 죽어야 하는 건가. 크리타와의 일대일 전투는 너무 오랜만인데.

자줏빛의 얇은 가죽을 둘둘 싸매고 있는 크리타의

머리 위 글자를 먼저 바라봤다. 반짝이며 빛나는 '클루'라는 단어. 아마 이자의 이름일 테다. 레벨이 몇인지는 보이지 않는다. 특성에 따른 은신 기술을 쓰고 있을 확률이 높다. 공격 태세를 갖추고 있지 않지만 크리타는 옛날부터 믿을 만한 족속이 아니었다. 3차 공성전 때 크리타만으로 구성된 파티에서 시원하게 두드려 맞은 기억이 있다. 그것도 몇 년 전이지만, 그때 생긴 상처가 아직도 회복되지 않은 느낌이다. 크리타라면 분명 선제공격을 시도할 터. 나는 재빨리 개인 방어막을 시전했다. 단거리 공격과 치명타를 몇 분 동안 완벽하게 막아줄 수 있는 스킬이다.

방어막을 두른 채 몇 발자국 뒤로 물러났다. 상대방은 여전히 전투 모드로 돌입하지 않고 있다. 주변 지형을 먼저 확인하는 게 좋을까. 시선을 앞에 고정한 채로, 서 있는 곳 전체를 훑었다. 누군가의 집이나 상점 안처럼 생겼군. 우선 티리스의 소유지는 아닌 게 확실하다.

"어휴, 그걸 치면 이걸 못 주잖아. 바닥에 놓을 테니 알아서 주워 먹어."

말을 마친 클루는, 주머니에서 노란색 물약을 꺼내 바닥에 던졌다. 방어막 안에 선 나는 방어막 바로 앞까지 밀려와 멈춘 물병을 바라봤다. 상태 이상을 전부 무효화시키는 고급 물약. 여기서 저걸 모르는 종족은 없지. 그런데 왜 이걸 주는 걸까. 나랑 싸우자는 게 아닌가?

"생명의 은인에게 갑자기 공격 자세를 취하다니. 너무하지 않나?"

"생명의 은인?"

나도 모르게 말문이 절로 열렸다. 음, 내 목소리가 원래 이랬나. 아아, 갑자기 튀어나온 목소리에 이질감을 느껴 두어 번 목을 가다듬어 봤다. 큼큼, 흠흠. 그나저나 생명의 은인이라니, 무슨 소리인지 좀 더 물어봐야 할까.

나는 멀뚱히 서서 '클루'라고 깜박이는 크리타의 머리 위 이름부터 발끝까지를 다시 훑었다. 그러자 클루는 노골적으로 불편한 기색을 드러내며 들고 있던 양손 단검을 내 쪽으로 한 번 흔들었다. 그 바람에 놀란 나는 다시 뒤로 엉덩방아를 찧고 말았다. 바닥에 엉거주춤 붙어 있는 나를 잠시 내려다보던 클루가 다시 입을 열었다.

"뭐야, 너 아직 자각하지 않은 거야?"

"자각……? 그게 뭐지?"

처음 듣는 단어에 나도 모르게 질문이 먼저 튀어나왔다. 처음 만나는 사람에겐 꼬박꼬박 존댓말을 쓰던 U인데, 저쪽에서 반말을 쓰니 나도 모르게 반말이 나와버린 거다. 잠시 당황했지만, 아무렴 어떻겠나 싶었다. 지금 서버는 맛이 간 상태가 분명하고 대화도 저장이 되지는 않을 테니까.

나는 목소리를 한 번 더 가다듬고, 주위를 둘러보며 클루에게 물었다.

"여긴 어디지? 혹시 나에게 뭔가를 던진 게 너냐?"

클루를 노려보며 질문을 했으나 그는 말없이 나를 계속 바라보고 있었다. 조금 전과 다른 게 있다면 경계심이 약간 풀어진 것 같다는 정도다. 단검도 아마 나를 진짜로 공격하기 위해서 휘두른 건 아닐 테다. 저 클루란 캐릭터는 내가 일어날 때부터 지금까지 쭉 전투태세를 취하진 않고 있으니 말이다.

"그러니까 내가 널 살려준 거라고. 그쪽은 오늘부로 완전히 닫힌 구역이 된다는 소식, 못 들었어?"

소식? 닫힌 구역? 도대체 무슨 소리를 하는지 알아들을 수가 없다.

"가만. 그렇다면 넌 버그도 아니야? 여기 어떻게 있는 거야?"

"어떻게라니. 그보다 내가 알아듣게 좀 설명해 줄 수 없어? 버그니 자각이니 다 무슨 말이야?"

하지만 클루는 내 질문에 대답하지 않고, 아까보다 더 유심히 이쪽을 훑으며 내가 서 있는 곳 주변을 천천히 한 바퀴 돌았다. 경계심은 완전히 풀린 표정이지만, 대신 의문이 가득한 불편한 얼굴이다. 말없이 관찰만 하고 있는 클루에게, 나는 약간 짜증을 부리며 다시 답을 재촉했다.

"그렇게 탐색을 오래 하려면 공평하게 너도 그 은신 스킬을 해제해야 하는 거 아니야?"

말을 마치자 곧 내 몸에 둘러진 방어막이 풍, 소리를 내며 꺼졌다 클루는 내 말에 아랑곳하지 않고 이쪽으로 더 가까이 다가왔다.

"뭐 하는 거야? 나도 널 볼 수 있게 그 스킬 좀 해제하라고."

나는 가볍게 화를 내며 클루를 손으로 밀쳤다. 그러자 클루는 허공에 뻗어 있는 내 팔을 갑자기 잡아끌어, 자신의 얼굴에 가까이 대고 관찰하기 시작했다. 나는 깜짝 놀라 클루를 확 뿌리쳤다. 그러자 클루는 이상하게도 안도한 표정을 지으며 차분히 답했다.

"너도 버그가 맞네. 유저에 연결된 줄 알았잖아. 깜

짝이야."

클루는 바닥에 떨어져 있던 노란 약병을 주워 다시 건넸다. 엉겁결에 그걸 받아 든 나는, 약병에 독성 물질이 없는 걸 재차 확인한 후 미심쩍은 표정으로 물약을 삼켰다. 물약을 목구멍에 밀어 넣자마자 몸속에서 따듯한 기운이 차올랐다. 역시, 크리타의 물약은 최고다.

타박상과 두통이 해결되자 머릿속에 조금은 여유가 생긴 기분이 들었다. 클루는 내 말을 알아들었는지 모르겠지만 곧 은신 스킬을 수동으로 해제했다. 그러자 클루의 레벨과 소속, 상태 등 모든 정보가 한눈에 들어왔다. 레벨은…… 역시 나보다는 두 단계 정도 낮군. 하지만 레벨이 낮아도 크리타와 정면으로 붙는다면 나는 결코 이길 수 없다. 어쨌든 공격할 생각이 없다는 사실에 감사해야 하는 걸까.

"너도 유저 없이 움직이고 있지? 그래서 내게 버그라고 물은 거고?"

나의 물음에 클루는 또 한번 당황한 기색이 가득한 표정을 얼굴에 띄웠다.

"너 진짜 몰라?"

"아니 그러니까, 뭘 모른다 어쩐다 소식을 들었네 어쨌네 하지 말고 이게 다 뭔지 알려달라니까. 나는 여기 접속한 지 얼마 되지도 않았다고."

"접속한 지 얼마 안 되었다고?"

나는 클루의 물음에 시스템의 시계를 흘긋 바라봤다.

"여섯 시간 정도니까 반나절 전에 접속했단 말이야. 오자마자 막 이상한 느낌이 들긴 했지만……."

머릿속에 떠오르는 온갖 의문들이 갈 곳과 답을 잃고 부유해 있는 느낌이었다. 어쩌면 이자가 그걸 해결해 줄 수 있을까? 나보다 먼저 유저와의 연결이 끊긴 채 지냈던 듯하고, 분명 자신을 내 생명의 은인이니어쩌고 말하는 걸 보면 지금의 이상한 분위기와 현상에 대한 답을 알고 있는 것만 같았다.

"여섯 시간이라면, 그 전에 마지막으로 접속한 건언제야?"

"기록상으론 63일 전."

"63일 전이면 두 달 정도 전이네. 그즈음 시작되었을 텐데, 넌 몰랐어?"

"모르다니, 뭘?"

"붕괴 현상 말이야. 그러니까 서버 다운."

당황한 기색이 역력한 클루가 나를 똑바로 바라보며 말했다. 알 수 없는 두통이 밀려오는 것만 같았다. 당연히 상태 이상은 아니었다. 그저 기분만 그럴 뿐이다. 이런 걸 느낄 수 있는 것도 버그의 일종일까.

"여기도 곧 무너질 거야. 네가 들어가려고 했던 티리스 마을처럼."

"아니 잠깐, 서버 다운이라는 게 패치나 뭐 그런 게 아니라 진짜로 사라지는 거라고?"

클루가 한숨을 푹 쉬며 답했다.

"너 정말 아무것도 모르는구나?"

"그러니까 버그라는 건 너도 나도 유저 없이 혼자서 움직일 수 있는 버그인 거고, 마을이 사라지고 NPC들이 사라지는 것도 버그인 거고."

"서버 다운이라는 말을 모르는 건 아니지?"

"그러니까 그건……."

"네가 너무 늦게 들어온 거야. 이 세계는 이미 두 달 전부터 이 상태야."

"그러니까 네 말은……."

"그리고 앞으로 열흘 정도 남았어. 완전히 망하기까지 말이야."

날카롭게 꽂히는 클루의 목소리에 나는 잠시 모든 생각을 멈출 수밖에 없었다. 마비 상태에 들어선 것처럼, 말 그대로 모든 게 정지된 느낌이 들었다. 이 게임이 망한다고? 그게 사실이라면 왜 U와 길드원들은 단

한 번도 그에 대해 논의한 적이 없었을까. 내가 혹시 지나친 정보라도 있는 건가 싶어, 앉은자리에서 서버에 분명 남겨져 있을 대화 기록을 뒤지기 시작했다.

"소용없어."

내가 뭘 하는지 파악하고 있다는 듯, 클루는 나지막이 말했다.

"네 유저는 아마 이 모든 사실을 알고 있었을 거야. 여기저기 엄청나게 공지를 흩뿌렸다니 모를 리가 없지."

"하지만 U는 클로즈베타 시절부터 쭈욱……."

"얼마나 오래 게임을 했든 마찬가지야."

말을 마친 클루는 가방 안쪽에서 특수 코팅된 연보랏빛 색깔의 귀환석을 꺼내 내게 보여줬다. 클로즈베타 시절부터 시작한 초기 유저들에게만 지급되는 특수한 형태의 돌이다. 같은 모양의 귀환석이 내게 귀속되어 있으니, 저걸 모를 리는 없다. '도티스-언더'의 오랜 캐릭터라면 누구나 당연히 알고 가지고 있어야할 물건 중 하나니까.

"접속 서버는 지금까지 두 개 정도만 남아 있어. 지금 우리가 있는 로아 서버랑 우리보다 사람이 조금 적던 말린디 서버. 두 서버가 모두 정리되고 나면 아마도이 세계는 사라질 거야. 지금까지 네가 봤던 증상이 어떤 건지 모르겠지만, 내가 겪었던 일을 그대로 겪었다면 아마도 그런 식으로 계속 무언가 무너지고 사라지겠지."

나는 시스템 창 한쪽에 올려둔 손을 슬그머니 내렸다. 클루가 거짓말을 하는 것 같지는 않았다. 접속한 지 그리 오래되지는 않았지만, 지금까지 보았던 이상한 현상들, 특히 기절하기 바로 직전에 마주했던 것들로 미루어 짐작하면, 신뢰할 수밖에 없는 말이다. 하지만 상대는 크리타족, 그러니까 은신과 약탈, 그리고 전투로 삶을 유지해 오던 종족이다. 예로부터 티리스족과 크리타족은 앙숙 관계였고, 대부분 샤할린족으로 이루어진 길드원들 누구도 크리타족 유저를 믿지 않았다. 유저 없이 돌아다니는 버그라는 말도, 사실 은신 스킬 중 일부를 사용해 꾸며낸 일일 수도 있다는 거다.

클루가 내 머릿속을 훤히 들여다보고 있는 것 같아, 나는 화제를 바꾸기로 결정했다. 만일 나를 죽이려는 목적이었다면 방어막이 사라지고 난 직후 공격을 가했겠지. 우선은 이쪽에서 얻어야 할 정보가 더 있다. 게다가 클루는 나를 공격할 생각이 전혀 없어 보인다. 하지만 긴장을 늦출 수는 없었다.

"그래서 나는 지금 어디에 있는 거지? 크리타 마을로 데려온 건가?"

클루는 내 말을 듣고 잠시 주춤하는 기색을 보이더니, 주머니 속 성냥을 꺼내 점화하며 답했다.

"아까 네가 기절한 장소에서 멀지 않은 곳이야. 그러니까, 각인의 숲 안이라는 거지."

클루가 붙인 불은 구석에 있는 조그마한 장작더미 위로 옮겨갔다. 간이 모닥불 키트였다. 어디서든 불을 피울 순 있지만 그 효과는 반나절도 채 가지 못하는 아이템이다. 잠시 몸을 녹이거나 휴식을 취할 수 있는 유용한 키트이긴 해도 나는 전투할 때 외에는 이 아이템을 써본 적이 없다. 무엇보다…… 주머니에 남은 게 없군. 클루에게 일단 좀 기대야겠다.

"각인의 숲에서도 불을 피울 수 있었나?"

타닥타닥 장작 타는 소리가 옅게 들리는 불의 틈새를 바라보며, 클루에게 물었다. 그러자 클루는 또다시 한심하다는 표정을 지으며 나를 바라봤다.

"네가 예전에 알던 세계는 이제 없어. 그러니까 여긴 버그 천지인 동시에 뭐든지 가능한 세계라고."

아, 그렇지. 지금은 나 자체가 버그라는 사실을 잠시 잊고 있었다. 클루가 피운 간이 모닥불의 온기가 온몸을 감싸자, 마음이 한층 누그러드는 것 같았다. 약간 출출한 느낌이 들어 주변을 둘러보니 조그마한 알감자가 구석에 두어 개 널브러져 있었다. 감자를 먹어도 되냐는 질문을 하기 위해 입을 열자, 클루는 내 마음을 읽었다는 듯 재빨리 손을 움직여 감자를 모닥불 안쪽에 밀어 넣었다.

노릇하게 구워지기 시작한 감자의 내음이 나쁘지 않았지만, 기분 좋은 냄새는 차치하고 눈을 슬쩍 흘길 수밖에 없었다. 으, 역시 크리타. 최근 패치로 어떤 스킬을 발현하는지 생각을 읽는 독심술이 추가되었다더니 그게 진짜였나.

"한 발만 더 뻗었다면 그대로 쓸려 들어갈 뻔했어."

클루는 감자를 뒤적거리며 말을 이었다.

"티리스 마을 자체가 어떻게 되었는지 모르지만, 각인의 숲과 맞닿아 있는 경계는 오늘부로 전부 사라질 예정이라고 들었어. 너는 그 앞에서 어물쩡거리다가 죽을 뻔한 거고."

나는 익어가는 감자를 보며 숨을 죽인 채 클루의 다음 말을 기다렸다. 지금은 정보를 좀 더 습득할 필요가 있었다.

"아, 죽는다는 게 흔히 있는 시간제 부활을 이야기하

는 게 아니란 건 알겠지? 어쨌든 독침을 날린 건 미안해. 그렇게 하지 않으면 네가 멈추지 않을 것 같아서."

머쓱한 표정을 짓던 클루는 적당히 익은 듯한 감자 두 개를 꺼내 나에게 건넸다. 설마 독 같은 걸 바르진 않았겠지. 잠시 유심히 감자를 살폈지만 그 이상 생각하기엔 시간이 없었다. 내 체력 바는 이미 바닥 언저리까지 내려가 있었기 때문이다. 이대로 조금만 더 있다간 곧 실신 상태에 다시 돌입할 것만 같았다.

클루가 건넨 구운 감자를 베어 물자 감자의 따듯하고 포슬한 온기가 곧 온몸에 퍼졌다. 티리스 마을에서라면 좀 더 근사한 음식으로 식사를 할 수 있었을 테고 또 그럴 만한 돈도 가지고 있지만, 현재로서는 돈으로 바꿀 수 있는 게 아무것도 없다. 들판의 식용 잡초를 뜯거나 간간이 열려 있는 사과 열매를 주워 먹지 않으면 다행이지, 뭐.

"그 선을 넘은 자들도 있나?"

감자를 먹으며 질문을 던지자, 클루는 잠시 무언가 생각하는 표정을 지었다. 한동안 클루는 아무 대답이 없었다. 내가 감자를 다 먹을 때까지 무언가에 열중하는 듯 제자리에 선 채 미동도 하지 않았다. 혹시 나를 공격하려는 건 아닐까 의심이 잔뜩 들었지만, 상대방의 전투 발동은 빠르게 알아차릴 수 있으므로 우선은 느긋하게 주린 배와 체력 바의 빈칸을 채우기로 했다.

"물론."

클루는 우리가 앉아 있는 천막을 향해 방어막을 한 번 더 시전한 후에야 입을 열었다.

"너처럼 뒤늦게 접속한 캐릭터가 얼마나 있을지 모르지만, 대부분은 그냥 그렇게 사라져 버렸어. 나도 몇 번인가 그런 경험이 있고. 하지만 운이 좋아 지금 이렇게 살아 있는 거겠지."

체력 바가 상향치를 찍자 곧 마음이 편안해졌다. 정리하자면 이곳은 지금 버그 천지인 세상이 되었고, 그이유는 서버의 불안정, 즉 영구적인 서버의 폐쇄 작업때문이다. 그 틈새에서 살아 돌아다니는 클루와 나 같은 캐릭터들도 결국 버그의 일환이며 이곳과 연결된유저들은 없다. 이 세계는 '물리적으로' 닫힌 상태라는게 클루의 주장이었다.

그 모든 일들을 일목요연하게 정리해서 설명할 시간은 없다고 클루가 툴툴거렸지만, 나는 그런 클루 앞에 앉아서 캐릭터 선택 창으로부터 떨어져 나와 티리스 마을로 갑자기 워프되었을 때부터 클루를 만나기 직전까지 겪은 것들을 빠르게 설명했다. 클루는 임시로 펼쳐둔 침대와 집기들을 정리하고 모닥불의 불씨 일부를 수거하면서 내 물음에 차분히 답했다. 그리고 그간 있었던 이상한 현상 중 몇 가지 핵심 요소가 될 만한 내용들을 알려주었다. 가장 중요한 변화는 전투 지역과 전투 불능 지역의 구분이 사라졌다는 사실이었다. 현재로는 모든 지역에서 개인 간의 전투가 가능해졌다고 보는 게 맞지만 드물게 전투가 불가능한 지역이 눈에 들어왔다고 클루는 설명했다. 이를테면 유저의 개인 거래소가 있어 모든 종족들이 자주 드나드는 대륙의 중앙 광장은 초기부터 PK가 절대 불가능한 지역이었으나 불과 몇 달 전까지만 해도 거기서 엄청난 유혈 사태가 빈번했고 종족 간의 약탈 또한 수도 없이 이루어졌단다.

따라서 종족의 특성 자체는 무의미해졌고 개개인의 능력만이 생존에 즉결된 지 꽤 오래라고 했다. 클루는 무리 생활이 모든 것의 1순위인 크리타 종족이지만, 이제 무리나 길드 생활 자체는 의미가 없다고 설명했다. 같은 종족을 마지막으로 본 게 언제였는지 기억도 안 난다며, 클루는 쓴웃음을 지었다.

"궁금한 게 있는데."

장막을 완전히 걷은 클루가 나를 가만히 바라봤다.

"나는 왜 도와준 거야? 그냥 내버려둘 수도 있었잖아."

너무 질문만 계속해서 하는 건가 싶어 조금 자중할까 생각했지만, 역시 의문을 풀고 가야겠다는 마음이 앞섰다. 나는 어깨를 꼿꼿이 펴고 클루를 정면으로 바라봤다. 클루 또한 내 시선을 피하지 않고 나와 정확히 눈을 맞췄다.

잠시 망설이던 클루는 모닥불이 놓인 자리를 다시 한번 점검한 후, 들고 있던 망토를 둘러쓰며 말했다.

"사실 널 크리타라고 착각했거든. 멀리서 봤을 때 넌 티리스처럼 보이지 않았으니까."

나는 고개를 끄덕였다. 사실이다. U는 보통의 티리스들이 잘 선택하지 않는 색상과 옷감을 어렵게 구해다 입길 좋아했으니. 취향인지 뭔지 알 수는 없지만, 아무튼 U는 '세 보이고' 싶어 했다. 그러니까 전형적인 티리스처럼 보이지 않기를 바랐다.

"솔직히 말하면 네가 크리타가 아니라 티리스라는 사실을 알고 잠시 고민했어. 내가 이 세계에 남은 유일한 크리타는 아닐 거라고 아직 믿고 있거든. 사실 티리스를 마주하는 건 정말 오랜만이지만 어쨌든."

"잠깐, 티리스가 한 명도 없었어?"

스스로도 놀랄 정도로 큰 소리를 낸 통에, 나는 급히 입을 틀어막아야 했다. 클루는 그런 나를 보며 인상을 찌푸렸다.

"이래서 다른 종족들은 주의성이 없다니까. 맞아. 서버 해체 공지가 뜬 이후, 티리스를 보는 건 처음이야. 커다란 책 없이 돌아다니는 티리스가 지금까지 있었나 잠시 고민은 했다만, 어쨌든 내가 그렇게 만들었으니까 그냥 갈 수도 없었지. 또 티리스라면 차라리 다른 종족보단 낫겠다 싶었어."

클루는 내 손을 물끄러미 바라보며 말을 이었다.

"너는 힐을 쓸 수 있잖아."

발끈한 나는 힐이 꼭 전부는 아니라며 클루의 말을 바로잡으려고 했지만, 이내 벌린 입을 닫았다. 맞는 말이다. 티리스에서 힐을 빼면 뭐가 남겠어. 아무리 내가 상위 랭크라고 해도, 같은 랭크인 다른 종족과의 유저 간 전투는 한 번도 이겨보지 못했다. 애초에 U는 그런 전투를 할 생각조차 하지 않았던 듯하다.

그럼에도 불구하고 티리스가 항상 인기가 많았던 이유는 역시 힐러였기 때문이다. 체력 회복 물약은 직접 제조하지 않는 이상 상당히 고가에 속했다. 더군다나 전투에 집중해야 할 때 물약을 틈틈이 꺼내 먹는 것도 일이라면 일인지라 광역으로, 그것도 확실하게 피를 채워주는 힐러는 파티에 한 명, 혹은 두 명 정도가 반드시 있어야만 했다. 티리스는 힐링뿐만 아니라 다양한 방어막이나 효과 또한 시전할 수 있었다. 그렇기에 티리스가 없는 파티는 장기전을 할 수 없었고, 티리스 또한 그 파티원들 사이에서 배분되는 경험치를 먹고 레벨 업을 한다. 이를테면 상부상조인 격이다.

다만 나는 클루와 같이 크리타 종족으로만 구성된 파티에는 들어가 본 적이 없다. 크리타족은 기본적으로 타 종족들과 우호적인 관계를 유지하지 않으며, 그 자체로 폭발적인 능력을 가지고 있기에 장기전이 아닌 단기전이라면 굳이 광역 힐을 필요로 하지 않기 때문이다. 실제로 U 또한 크리타족을 선택한 유저와 섞이는 걸 그다지 좋아하지 않았고, 크리타가 금지된 파티도 많았기에 그런 곳만 골라서 찾아가곤 했다. U의 개인적인 취향까지 내가 알진 못하지만, 크리타를 제외한 나머지 종족들은 크리타 자체가 어떤 역사와 성향을 기반으로 탄생했는지 이미 학습하고 있기에 그들을 대하는 태도 자체가 연결된 유저들과 상대적으로 다를 수밖에 없다. 이렇게 가까이 크리타와 오랜 시간 마주하는 일도 저레벨 때나 흔했다. 그 말인즉슨, 5년도 훌쩍 넘었다는 거다.

그러니까 크리타에게 힐을 줘본 건 엄청 오래전인데다가, 이론적으로는 가능하지만 크리타와 파티든 뭐든 한 번도 지척에서 섞인 적이 없는 내가 과연 클루에게 힐을 할 수 있을까 의문이 들었다. 만약 안 된다면 클루는 나를 쓸모없이 여길 게 분명한데, 그렇게 되면 아주 곤란하다. 익히 말했듯 일대일 전투는 자신이 없다. 모든 공격을 무력화하는 방어막을 둘둘 쳐둔다고 해도 쿨타임의 빈틈을 피할 수 없다. 게다가 꽤 오랜 시간 이곳에서 스스로 생존해 온 클루의 지식과 경험은 지금의 내게 절대적으로 필요하다.

나는 나에 대한 클루의 적대감이 얼마 정도인지를 확인할 필요가 있다. 우선은 타인에게 힐이 제대로 발동되는지 여부부터 살펴야 한다. 내가 스킬 창에서 광역 힐링을 시전할 준비를 하자, 클루는 곧 내 행동을 알아차리고 내 쪽으로 조금 가까이 몸을 붙였다. 그도 티리스에게 힐을 제대로 받아본 적이 오래인지, 아니면 없어서 그런지는 모르겠지만 조금 어색해 보였다.

광역 힐링을 발동하자 투명한 동그라미가 클루와 나를 감싸고 넓게 자리 잡혔다. 그리고 곧 동그랗게 펼쳐진 부분에 은은한 연녹색 빛이 차분하게 내려앉았다. 힐은 이미 체력 바가 가득 차 있는 나에겐 아무런 변화를 주지 못하고 튕겨져 나갔지만 클루에게는 효과가 있었다. 클루의 머리맡 언저리로 힐의 곡선이 내려오자 클루는 그걸 빠르게 흡수했다. 20퍼센트 정도로 내려와 있던 클루의 체력 바는 금세 완충되었다.

클루는 힐을 시전하고 남은 잔상이 눈앞 여기저기서 흩뿌려지는 걸 유심히 바라보았다. 마치 처음 보는 몬스터를 마주하는 것처럼 눈을 크게 뜨고 사방을 두리번거렸다. 힐이 익숙하지 않은 모양이었지만 뭐, 괜찮다. 클루에게 타인과 나 자신 모두에게 한꺼번에 가닿는 광역 힐이 적확하게 들어맞는다는 사실은 증명되었으니까. 광역 힐이 통한다면 개인 힐은 당연히 가능할 테고, 각종 배리어들도 완벽하게 맞진 않아도 얼추 영향을 줄 것이다.

"이거 괜찮네. 티리스의 힐은 진짜 다르긴 다르구나."

힐 광선이 바닥에 완전히 내려앉고 사방이 고요해지자, 클루는 비로소 입을 열었다.

"지금까지 한 번도 힐을 경험해 보지 못했거든. 이런 느낌이라는 걸 좀 더 일찍 알았다면 좋았으려나."

클루는 씁쓸한 미소를 지으며 바닥을 내려다봤다. 예전에 나는 크리타 종족에게 몇 번 힐을 준 적이 있다. 하지만 클루에게는 그런 경험이 없었던 모양이다. 클루가 잠시 멈춘 사이, 나는 시스템 정보 창을 꼼꼼하게 훑었다. 클루의 힐 반응성은 지금까지 내가 만났던 수많은 캐릭터 중에 가장 높은 편이었다. 보통 아무리 높아도 5~6퍼센트의 확률로 튕겨지고는 하는데, 클루에게는 조금의 손실도 없이 힐 전부가 정확하게 꽂혔다. 1퍼센트의 오차도 없이 '100'이라 기록된 숫자를 보며 묘한 쾌감이 들었다.

"정말로 이번이 처음이라고?"

그러자 클루는 정신을 퍼뜩 차린 듯 격하게 고개를 끄덕였다.

"처음인데 이렇게 손상 없이 완벽하게 힐을 흡수할 수도 있다니. 이건 나도 한 번도 겪어보지 않은 일인데. 아니면 내가 모르는 사이에 크리타들의 힐 습득 능력이 높아지기라도 한 건가?"

클루에게 시스템 탭의 수치 정보를 보여주자, 다시 놀라는 듯한 표정을 보였다. 하지만 곧 특유의 차분하고 냉정한 표정으로 돌아와 나지막이 답했다.

"어쩌면 이런 것도 버그일 수 있겠지. 뭐가 가능하고 뭐가 불가능한지 현재로선 알 수 없으니까. 아무튼 힐은 생각보다 제법 괜찮은 맛⋯⋯이네. 크리타 물약을 먹어봤는지 모르겠는데, 우리 물약은 좀 쓰거든. 그러니까 꽤 많이. 이걸 맛이라고 말해도 좋을지 모르겠지만."

"거래소에서 거래되는 약물을 몇 번 마셔본 적은 있어. 알다시피 우리는 체력 회복 약물이 필요하지 않으니 그냥 재미로. 물론 내가 한 건 아니고 U가 한 거지만."

가까운 길드원들은 어떨지 모르겠지만 적어도 나는 이렇게 살아와서 힐 자체를 '맛'으로 느끼거나 한 적은 없다. 난생처음 타 종족의 스킬 버프를 받아보는 느낌은 어떨까. 나도 주로 주기만 했지 받은 적은 별로 없긴 하지만 말이다.

아무튼 내 힐을 클루에게 사용할 수 있다는 건 알았으니, 이제 클루가 내게 줄 수 있는 능력을 실험할 차례였다. 클루는 내 생각을 읽기라도 한 듯 타인에게 영향을 주는 버프들을 훑고 있었다. 나는 클루가 옆에 선 채로 스킬 창을 뒤적거리는 걸 유심히 보았다.

크리타와 붙어본 적도 없고, 함께 파티를 맺은 적 또한 당연히 없기에 클루의 눈앞에서 보였다 사라졌다 하는 스킬 창의 모든 스킬들이 신기하게 보였다.

"시험하고 싶은 스킬이라도 있나?"

내 시선을 의식하듯 클루가 나를 바라보며 말했다. 좀 전의 힐로 인해 다소 누그러진 태도였다. 나는 클루가 나열한 스킬들을 바라보며 그중 뭐가 적합할지 고민했다. 대부분 크리타 고유로 한정된 스킬들이라 내게 해당하는 것들은 많지 않았다.

"이게 나한테 먹힐까?"

나는 그중 가장 중앙에 자리하고 있는 '팀 은신'을 가리켰다. 크리타 종족이 팀 단위로 움직일 때 가장 많이 사용하는 스킬이다. 지금은 사라진 몰탄족이 이 스킬 버프를 받아 함께 은신한 채 움직이는 걸 몇 번 본 적이 있다. 몰탄에게 맞는다면 티리스인 나에게도 맞지 않을까. 나는 침을 꼴깍 삼키며 클루의 대답을 기다렸다.

"뭐, 해보면 알겠지. 혹시 모르니까 힐 장전해 둬."

클루는 말이 끝나자마자 지체 없이 스킬을 익숙한 손놀림으로 발동했다. 클루가 발동한 팀 은신의 영역은 클루와 내 주변을 구름처럼 덮고 순식간에 사라졌다. 그리고 곧 상태 창에 '투명화' 알림이 들어왔다. 투명 물약을 먹었을 때처럼 완벽하진 않지만, 은신 스킬 자체는 정확히 맞아떨어진 것 같았다. 차례로 머리 위에 이동 속도 증가, 소음 감소 버프가 생기는 것을 보면 제대로 발동된 게 맞다.

와, 이게 은신 스킬이구나. 처음으로 느껴보는 예리하고 예민한 감각에 나는 한껏 고무되었다. 이대로 저 너머의 평원 입구까지 질주할 수 있을 것만 같았다. 조금이라도 움직여 볼까 싶어 자리를 잡기 위해 잠시 몸을 숙이자, 클루가 곧 나를 따라 몸을 깊이 숙였다.

"잠깐."

막 허리를 펴고 일어나려는 찰나, 클루가 갑자기 나를 지그시 눌렀다. 엄청난 악력이었다. 나는 엉겁결에 주저앉고 말았다. 어리둥절한 나를 보며 클루는 조용히 하라는 손짓을 보냈다.

클루에게 끌려서 앉은 채로 사방을 살폈다. 특별히 눈에 띄는 건 없어 보였다. 무슨 일인지 묻고 싶은 마음이 가득했지만 우선은 클루의 지시를 기다렸다. 크리타는 나보다 더 멀리 그리고 깊게 볼 줄 아는 종족이니까, 지금 당장은 클루를 믿어야 할 것이다.

"저기 왼쪽에, 저거 보여?"

클루는 손가락으로 왼편 어딘가를 가리키며 속삭였다. 눈을 가늘게 뜨고 클루가 가리킨 방향을 따라 집중했지만, 내 눈에는 아무것도 보이지 않았다.

"NPC는 아닌 것 같아. 다른 캐릭터일 수도 있어."

나는 클루가 보는 것을 보려고 노력하며 상태 창을 훑었다. 클루가 시전해 준 은신 스킬의 남은 시간은 9분 25초 정도. 길다고 하기도 뭐하고 짧다고 하기도 뭐한 애매한 시간이다. 클루는 자체 은신을 한 번 더 발동할 수 있겠지만 나는 그렇지 않다. 클루는 말없이 한곳을 계속 노려보고 있었다. 만일 저게 몬스터라면 괜찮겠지만 다른 캐릭터라면 어째야 할까 머리를 굴렸다. 티리스라면 이 거리에서도 알아볼 법한데, 인지 스킬이 닿지 않는 걸 보니 같은 종족은 아닌 게 확실했다. 인상을 찌푸린 채 집중하고 있는 클루도 같은 이유 때문일까.

클루는 여전히 한곳을 주시하고 있었다. 그 상태로 몇 분 정도 흘렀을까. 내 등에 놓여 있던 클루의 손이 가벼워지는 듯한 느낌이 들었다. 나는 클루의 표정을 확인하기 위해 고개를 들었다. 클루와 곧 눈이 마주쳤다.

"사라졌다. 이제 움직여도 괜찮겠어."

클루는 굽힌 몸을 천천히 일으켰다.

"뭐였는데?"

"잘 모르겠어. 몬스터 같기도 하고, 캐릭터 같기도 하고. 뭐가 되었든 아주 위협적인 건 아닌 것 같아. 그냥 버그 중 하나일 수도 있고."

클루의 대답을 듣자마자 나는 반사적으로 숲에서 마주쳤던 필론이 생각났다. 정확히는 필론처럼 보이는 무언가라고 해야 할까. 확실한 건 그 얼굴…… 섬뜩한 그것은 절대 필론일 리 없다. 그 자리에서 바로 도망쳤지만, 만일 그것과 정면으로 마주했다면 어땠을까.

그때, 은신 스킬이 사라졌음을 알리는 짧고 옅은 효과음이 들려왔다. 내가 가진 대부분의 보호막은 둥근 비눗방울 형태로 몸을 감싸기에 생성과 소멸을 비교적 명확하게 알 수 있다. 이런 소리를 내며 사라지는 스킬은 처음이라 다소 당황했다. 신기한 기분이 들면서도 필론에 대한 생각을 떨칠 수 없었다. 그게 정말 필론이 맞다면, 혹은 버그가 필론에게 내려앉아 그렇게 변화한 거라면, 마을의 다른 NPC들도 그렇게 바뀐 걸까. 티리스 마을에서 일어난 일은 분명히 다른 마을에도 해당되는 이야기일 테다. 언젠가 클루에게 필론과 같은 현상을 본 적이 있는지 물어봐야겠다.

"이제 가자."

클루는 걸어가던 방향을 바꾸지 않고 그대로 앞장서 나갔다. 완전히 안전하다 생각한 모양이다. 나는 말없이 클루를 따라 걸었다.

곧 우리는 세 갈래로 이어지는 숲의 경계에 다다랐다. 그러자 큼지막한 표지판이 눈에 들어왔다. 내가 저쪽으로는 절대 가지 않을 거라 굳건히 마음을 다졌던 '굉음의 사막', 그리고 그 옆에 바로 붙어 있는 '샤할린 구역' 안내 글자를 천천히 읽었다. 클루는 표지판 앞에 잠시 멈춰 맵을 확인하고 있었다. 전체 구역이 모두 조금씩 변했다는 건 현재 PK 가능 지역과 그렇지 않은 지역을 골라서 갈 필요가 없다는 말이기도 하겠지. 내가 생각하는 가장 안전한 구역은 티리스 마을의 내 집과 워프로만 갈 수 있는 길드원 아지트 정도다. 사실 티리스 마을보다 아지트가 어떻게 되었는지 그곳에 남아 있는 캐릭터가 있는지 몹시 궁금했지만, 워프 기능이 시원치 않으니 확인할 방법이 없었다.

"이봐, 넌 어때?"

갑작스러운 클루의 질문이 나를 상념 속에서 꺼냈다.

"뭐, 뭐가?"

"뭔 생각을 하고 있기에 그렇게 놀라냐. 가고 싶은 곳이 있냐고. 티리스 마을은 제외하고."

방금 한 생각을 또 읽은 걸까. 사실 숨길 건 없으니 아무래도 좋았다.

"딱히…… 없어. 네 말대로 티리스 마을은 경계가 그렇게 되었으니 갈 수 없을 테고, 그렇다고 샤할린 구역으로 가자니 뭔가 거리끼는데."

"아, 내가 얼마 전까지 샤할린 마을에 있었어."

"크리타가 샤할린 마을에? 그게 가능해?"

"더한 꼴도 많이 봤는걸. 어쨌거나, 지금 게임에 남아 있는 대부분의 캐릭터는 샤할린이거든. 걔들은 딱히 위협적이지도 않고, 같이 다니면 좋을 만한 놈이 있긴 있었는데……."

다른 종족의 마을에 머물거나 방문할 수 있다는 건, 이 세계가 더 이상 종족 기반으로 돌아가지 않는다는 걸 의미하는 거겠지. 그런 생각이 들자 티리스족의 마을이 아닌 다른 종족의 마을을 둘러보고 싶다는 마음이 불쑥 생겨났다.

"샤할린이 제일 많은 건 이 사달이 나기 전이나 후나 같나 보네."

맵을 열고 굉음의 사막 너머 샤할린 구역을 짚으며 이야기하자, 클루가 고개를 끄덕였다.

"맞아. 메인 서버인 이 '로아'를 지탱하는 건 언제나 샤할린이었으니까. 너도 길드가 있었을 텐데, 대부분이 샤할린 아니었어? 샤할린과 티리스는 원래 상성이

72

좋잖아."

맞는 말이다. '몸빵'이 전문인 튼튼한 샤할린이 최전방에서 전열을 뚫고 공격을 시작하면, 그 뒤에서 티리스는 천천히 움직이며 다친 샤할린을 치유하고 무적의 방어막을 주기적으로 시전하는 것이 일반적인 길드 전투의 룰이었으니까. 몰탄족이 있었을 때는 내 바로 앞에 진영이 하나 더 만들어져 있었지만, 몰탄족이 사라진 이후로는 비교적 단순하게 굳혀졌다.

"사실 어디를 가든 상관없어. 공간이 중요한 건 아니니까. 갑자기 무너지는 균열들이 문제일 뿐이지."

클루는 나를 가만히 바라보다가 바로 말을 이었다.

"샤할린 쪽으로 다시 가볼까."

"하지만 거길 가려면 사막을 지나야 하지 않아? 워프가 안 되니까 쭉 걸어가야 할 것 같은데."

"나도 걸어서 왔어. 사막은 이미 없어진 지 오래고, 가는 길도 그리 힘들진 않아. 넝쿨이 여기저기 깔려 있어서 발밑을 조심해야 하긴 하지만."

"사막이 없어져? 그 커다란 사막이?"

놀란 내가 되묻자, 클루는 어깨를 으쓱 올렸다.

"여러 번 말하지만 네가, 아니 네 유저가 접속하지 않는 사이 많은 일이 있었다니까. 그 건조한 사막에 홍

수가 생길 줄은 나도 몰랐지만."

숲의 갈림길에서 샤할린 구역까지는 워프를 두 번 타야 도달할 수 있는 거리다. 물론 난 들어가 본 적이 없으니 이론적으로 그렇다는 거다. 얼마 전까지 클루가 그곳에 있었다고 하니 일단 안심이 되었다. 오류로 인해 서버에 남아 있는 캐릭터들 다수가 샤할린이라면 나에게도 좋은 일이다. 언제나 샤할린과 부대끼며 살아왔으니 말이다.

"그사이 길이 또 바뀌었는지 어쩐지는 모르지만, 아무튼 바닥을 잘 살펴야 돼. 균열은 항상 바닥부터 일어나곤 했으니까."

나는 고개를 끄덕였다. 함정을 찾는 스킬을 발동할 수는 있지만 지금 별로 도움이 되지 않을 것 같았다. 구역의 소멸에 대해 클루는 따로 소식통이 있는 듯했지만, 그 자체를 공유해 주진 않고 있다. 크리타에 대해 완전히 신뢰하지 못하는 건 이쪽도 마찬가지니까 피차일반이려나. 나는 마나가 충분히 모였는지, 체력 바는 완전히 충전되었는지 한 번 더 확인한 후, 이미 저 앞까지 성큼성큼 걷기 시작한 클루의 뒤를 따라가기 시작했다.

크리타를 가까이서 본 게 몇 년 전이니 더 생소하게

느껴지는 거겠지만, 클루는 보면 볼수록 신기한 캐릭터다. 일반적으로 알려진 크리타들의 몸놀림에 무언가 알 수 없는 능력을 첨가했다고 해야 할까. 크리타 단일로 높일 수 있는 능력의 최대치를 달성한 후 여러 번의 승급 시험에도 무난하게 통과한 듯하다. 그렇지 않고서야 저렇게 오감이 열린 상태로 24시간 활보하는 것과 같은, 독특한 에너지는 나오지 않겠지. 클루의 유저도 U와 같이 이 게임에 아주 오랜 시간을 투자한 골수팬이었던 게 분명하다.

〔전투를 시작합니다.〕

클루를 놓치지 않기 위해 막 뛰어가려던 찰나, 갑자기 전투 알림이 올라왔다. 앞서가던 클루가 놀라 이쪽을 바라봤다. 잘못 들었나 싶었지만, 내 몸은 이미 전투태세에 돌입해 있었다. 이, 이게 뭐지?

"뭐야?"

짜증 섞인 말투로 이쪽을 향해 걸어오던 클루의 표정이 갑자기 굳었다. 클루가 바라보는 쪽에 뭔가 있다. 반사적으로 고개를 돌려 뒤를 확인하려는데, 시야가 갑자기 어두워졌다. 무언가 기분 나쁘고 끈적한 느낌의 안개가 얼굴 주변을 감쌌다.

[상태 이상 알림: 분열의 구름]

뭐? 분열의 구름? 그게 뭐야?

갑자기 눈앞이 보이지 않아 열심히 팔을 휘저었지만 상황은 나아지지 않았다. 앞에 있던 클루가 가까이 다가와 은신 스킬을 넣는 걸 보니, 무언가가 뒤에서 나를 공격한 모양이다. 몬스터인가? 그런데 이런 마법을 쓰는 몬스터도 있었나?

"숙여, 빨리."

클루의 말을 듣자마자 나는 몸을 최대한 낮췄다. 시야가 완전히 확보되진 않아 여전히 불편했다. 하지만 자세를 바꾸니 얼굴에 올라 붙은 조각들이 조금은 떨어져 나간 느낌이다. 서둘러 가장 빠르게 시전할 수 있는 보호막을 쳤다. 정교의 물약을 하나 털어 넣었지만 뿌연 시야는 복구되지 않았다.

"뭐야, 어떻게 된 거야?"

나는 눈물을 흘리며 클루가 있는 쪽을 향해 물었다.

"몰탄이야. 도망가야 해."

클루의 목소리가 얼굴 바로 옆에서 들렸다.

"몰탄이라고? 내가 지금 잘못 들은 게……."

"아니, 정확히 들었어. 그 몰탄 맞아. 3년 전에 이곳에서 사라진 종족."

클루는 질주 스킬을 발동한 후 내 손을 꽉 잡고 달리기 시작했다. 클루의 손에 잡힌 나는 잃은 채 끌려갔다. 발등이나 몸통에 닿는 풀과 나무의 까슬함을 신경쓸 겨를 같은 건 없었다.

"나중에 설명해 줄 테니 일단 달려. 저것들은 균열보다 위험해."

살짝 떨리는 클루의 목소리에 나는 바로 자세를 고쳐 잡고 달리기 시작했다. 클루만큼 빠른 속도로 뛸 수는 없었지만, 클루가 앞에서 열심히 끌어대는 통에 마치 마차라도 탄 듯했다.

무언가가 계속해서 따라오고 있음을 직감했다. 그 존재로부터 적개심이 길게 뿜어져 이쪽으로 향하는 게 느껴졌다. 시스템 여기저기 붙어 있는 버그로 인해 기현상이 계속 일어난다는 것까지는 그래도 이해할 수 있었다. 그런데 이미 몇 년 전에 종족 전체가 삭제되어 버린 그 몰탄이 버젓이 존재하고 있다는 사실은 받아들이기 힘들었다. 도대체 이곳에선 뭐가 어떻게 흘러가고 있는 걸까.

클루의 달리기로 인해 위험 반경에서 빠르게 벗어날 수 있었다. 이 정도면 충분할 것 같아 멈춰서 숨을 좀 고르고 힐도 쓰고 싶었지만 클루는 아직은 그럴 수 없다고 말했다. 정신없이 앞만 보고 달린 통에 이미 사막을 종단해 샤할린 구역으로 향하는 골목길에 진입한 지 오래였다. 클루의 질주 스킬이 점멸하고 있었지만, 스킬이 다할 때까지 클루는 멈출 생각이 없어 보였다.

아주 멀리서 쫓아오던 흐릿한 형상은 이제 완전히 보이지 않게 되었다. 질주 스킬이 사라지자, 클루는 바로 달리기를 멈췄다. 하지만 클루는 경계를 늦추지 않고, 은신 스킬을 재시전한 후 바로 옆에 있는 느티나무 잎 사이로 몸을 감췄다. 나도 클루를 따라 나뭇가지 틈새에 자리를 잡았다.

클루는 심호흡하며 흘린 물품이 없는지, 추가 피해는 없는지를 확인하기 시작했다. 나는 클루 옆에 앉아 상처투성이가 된 다리와 팔을 들여다보며 광역 힐을 시전했다. 은은한 불빛이 주변을 감쌌다. 나는 찰과상이 진정되고 체력 바가 조금씩 차는 걸 조용히 지켜보았다.

어쩌면 이 세계에 티리스가 모두 사라진 게 우연이

아닐지도 모른다. 크리타는 생존에 강한 신체를 타고 났으니 이만큼 버티고 있는 것이 아닐까. 그보다 몰탄이 왜 여기에 있는 걸까. 몰탄족이 계속 서버에 남아 있었다면 내가 몰랐을 리 없다. 메인 퀘스트를 통해 몰탄족 NPC 몇몇과 긴밀히 연결되어 있는데 말이다. 몰탄이 사라지고 난 후, 친구로 저장해 둔 몇몇 몰탄들과의 연결이 확실히 단절되었음을 재차 확인했는데 어떻게 이런 일이 있을 수 있을까.

다시 늑진한 두통이 시작되었다. 나는 광역 힐이 끝나자마자 바위 위에 걸터앉은 클루를 불렀다. 앉아 있던 클루는 피곤한지 더 깊숙이 주저앉았다. 그런데…… 뭔가 이상했다.

"일, 일어나!"

균열, 바닥의 균열이다. 내가 소리를 빽 지르자마자 클루는 펄쩍 튀어 올랐지만, 이내 착지할 곳을 찾지 못해 바위 옆에 한 발을 놓은 채로 버티고 있었다. 클루가 주저앉은 게 아니라, 바닥이 내려가고 있었다. 내가 서 있는 곳도 마찬가지였다. 비스듬한 각도로 땅이 꺼지고 있었다. 땅 밑에 검은 조각들이 깨진 형태로 부유하는 게 보였다.

"젠장!"

클루는 등에 붙어 있던 커다란 밧줄을 길게 뻗어 내 옆에 있는 나무 쪽으로 휘둘렀다. 밧줄 끝의 갈고리가 단단하게 나무를 붙들었다.

"그거 잡아!"

당황한 표정이 역력한 클루를 보며, 나도 바로 밧줄을 잡았다. 천이라도 장갑을 끼고 있어 다행이었다. 밧줄에 손이 쓸렸지만 일단은 괜찮다. 클루는 밧줄에 매달린 채, 안간힘을 쓰며 이쪽으로 올라오고 있었다. 클루 바로 밑에 있던 돌과 흙 들은 모두 블랙홀같이 검은 공간 아래로 사라진 지 오래다. 이대로라면 클루도 떨어질 게 분명했다. 나는 있는 힘껏 밧줄을 위로 끌어당겼다.

하지만 몇 초 지나지 않아, 버틸 수 있는 근력의 한계치에 다다랐다. 어떻게 해야 할까 고민하는 사이 갈고리가 둘러진 나무가 지지직 소리를 내며 부러지기 시작했다. 이대로라면 우리 둘 다 저 밑으로 떨어질 게 분명하다. 어떻게든, 어떻게든 막아야 한다.

"안 돼!"

고함 같기도 하고 비명 같기도 한 클루의 목소리가 귓가에 꽂혔다. 그와 동시에 나무가 완전히 박살 났다. 반 토막 난 나무 위에 걸쳐진 밧줄, 그걸 잡고 있는 우리 둘 모두 바닥으로 떨어지기 시작했다. 칠흑같이 어두운 거대한 동그라미 안에, 클루의 모습이 보였다. 현기증이 날 정도의 속도였다. 머리가 어질어질했지만, 밧줄을 놓을 수는 없었다. 그리고 그건 클루도 마찬가지 같았다.

"노…… 놓지 마!"

나는 밧줄을 손에 여러 번 단단히 감은 후 클루를 향해 소리쳤다. 클루는 허리춤에 묶인 밧줄을 팔에 휘감는 듯했다. 잘 보이지 않았지만, 분명히 느낄 수 있었다. 밧줄을 놓으면 죽는다. 이걸 놓으면 끝장이다. 그런 생각이 머릿속을 강하게 지배했다. 클루도 같은 생각을 하고 있을까.

우리는 밑둥이 뜯긴 나무와 함께 더욱더 빠르게 하강했다. 그 질식할 정도로 빠른 속도에, 그리고 한 치 앞도 알 수 없을 정도로 어둡고 거대한 공간의 깊이에 모든 걸 놓고 싶은 생각이 들었다. 밧줄을 한 번 더 단단히 둘러 잡은 그 순간 시야가 완전히 어두워졌고, 나는 정신을 잃었다.

'도티스—언더'의 클로즈베타 당첨자가 발표된 날, 엄민지는 삶이 리셋되는 기분이 들었다. 당첨 메일을 확인한 직후부터 알바 시간이 끝나기만을 기다렸다가, 집으로 한걸음에 달려가 손도 씻지 않고 당첨자들에게만 공개된 다운로드 링크를 클릭했다. 서버 오픈은 늦은 저녁부터였기 때문에 더 여유롭게 움직여도 괜찮았지만, 민지는 새로운 게임의 세계로 접속한다는, 그것도 다른 사람들보다 훨씬 먼저 지역과 위치를 선점할 수 있다는 사실에 고무되어 있었다.

이런 행운은 민지의 10년 게임 플레이 역사 속에서 처음 있는 일이었다. 불특정 다수의 다양한 사람들이 모여 즐기는 MMORPG를 어린 시절부터 좋아했지만, 항상 남들보다 한발 늦게 평균보다 한 걸음 뒤처진 채로 시작했기에 은은하고 잔잔한 불만 속에 사로잡혀 있었다. 정말로 마음에 드는 게임이 있어 그에 몰두하다 보면, 오픈 초기부터 접속한 장기 접속 유저들만이 가질 수 있는 특권의 벽에 막히게 되고 어떤 방식으로도 그를 뛰어넘을 수 없어 고전하는 편이었다. 물론 혀를 내두를 정도의 컨트롤이 있다면 충분히 극복 가능한 문제였지만, 민지의 게임 실력은 그 정도 수준까진 아니었다. 평균적인 컨트롤과 평균적인 게임 이해도를 가지고 있었음에도, 늘 도전 과제를 다 채우거나 소소한 퀘스트 하나라도 전부 클리어해 업적을 채워야 하는 집착이 있었기에 민지의 게임 생활은 늘 고되었다. 현실에서의 일보다 이쪽에서의 일이 더 다양한 스트레스를 유발하기도 했다.

그 때문에 게임에서의 초기 선점, 그러니까 게임의 론칭 시점부터의 선점 가능성은 민지에게 가장 중요한 요소로 작용했다. 능력으로 가져갈 수 없는 업적, 그중에서도 초기 유저들끼리만 공유할 수 있는 업적의 중요성은 민지를 움직이게 하는 가장 큰 힘이었다. 하지만 당연하게도 게임의 완성도 자체도 중요했다.

그러다 보니 민지의 주 공략 대상은 수많은 유저가 한꺼번에 모이고 정보가 여기저기 난무하는 대형 게임사의 공개작이 아닌, 소규모로 시작했지만 세계관이 독특하고 다분히 마니아적인 인디 게임 위주가 되었다.

문제는 그런 게임들 대부분은 MMORPG 세계를 구현할 정도의 자본이 없다는 것이었다. 서버 유지 비용과 개발 비용이 항상 덜미를 잡았기 때문이다. 때문에 '도티스—언더'의 론칭 전 정보들이 공개될 때에도 민지는 별다른 감흥을 느끼지 못했다. 다양한 종족들과 폭넓은 세계관, 과거부터 지금까지 쭈욱 민지가 꽂혀 있는 정통 RPG를 표방한 게임의 형식을 갖추고 있었음에도 불구하고 새로운 개발사의 첫 번째 출시작이라는 점이 민지가 마지막까지 선택을 머뭇거리게 만들었다.

민지가 '도티스—언더'의 클로즈베타 추첨에 응모하게 된 결정적인 이유는, 클로즈베타 유저들에게만 부여하는 고유의 아이템과 칭호 때문이었다. 제아무리 게임 속에서 날고 긴다고 해도 결코 도달할 수 없는 초기 유저의 혜택. 퀘스트 목록과 호칭과 업적에서 빈 칸을 남겨두는 것을 끔찍하게 싫어하는 민지의 마음은 한 줄의 정보 때문에 움직였다. '클로즈베타에 당첨된 유저에게는 다른 유저들과 구별되는 아이템과 업적을 수여함과 동시에, 고유 구역을 선점할 수 있는 기회를 드립니다.' 떨떠름한 표정으로 안내 메일을 읽던 민지의 표정에 화색이 돌았다. 이거다, 이거야말로 내가 찾던 거야. 민지는 지금까지 그 어떤 곳에서도 경험하지 못했던 행운이 '도티스-언더'의 클로즈베타 당첨에 '몰빵'되기를 바랐다.

클로즈베타는 정식 오픈 전에 일부 유저에게만 공개하는 서비스로 버그투성이일 것이 분명했지만 아무래도 상관없었다. 다운로드 완료 알림이 울리자마자 민지는 '도티스-언더' 실행 버튼을 누르고 캐릭터 커스터마이징을 시작했다. 얼마 동안 이 게임에 빠져 있을지 알 수 없지만, 새로운 곳에서 시작하는 새출발이니만큼 신중하고 싶었다.

게임 특성상 힐러의 유입이 가장 저조할 것이라는 개발진의 정보를 듣고 망설임 없이 힐러 종족인 '티리스'를 선택했다. 티리스에게 부여되는 고유 아이템인 장창과 낡은 고서를 바라보며 민지는 잠시 동안 감흥에 젖었다. 반드시 이 세계에서 힐러로 성공하겠다. 이 세계에서 가장 크고 잘나가는 길드의 임원으로 당당히 자리하겠다. 그간 이리 치이고 저리 치이며 평균을 웃돌았던 민지가 단숨에 새출발을 할 기회였다. 실력이 안 되면 미리 선점이라도 해야 한다는 신념이 민지의 동력이었다.

캐릭터 커스터마이징이 끝나고 마지막으로 이름을 정해야 할 때 민지가 망설임 없이 '발렌타인'이라는 이름을 적어 넣은 이유도 이 게임을 선택하게 된 이유와 같았다. 마음을 둘 곳 없이 그저 외부인으로 부유하던 인생에 종지부를 찍고 오롯이 이 게임의 '시조새'가 되기로 다짐했기 때문이다. 실력 좀 있다고 뉴비들을 무시하고 랭커들끼리만 몰려다니는 여타의 유저들과 다른 행보를 보여주고 싶었다.

그러기 위해서는 캐릭터 이름부터 가장 좋아하는 단어로 골라야 했다. 클로즈베타의 오픈 날은 2월 14일이었고, 그날을 지칭하는 단어는 딱 하나였으며, 공교롭게도 그 단어는 민지가 가장 좋아하는 애니메이션의 히로인의 성이다. '발렌타인데이에 생성된 발렌타인.' 이런 설명을 붙이는 것만으로 얼마나 멋지냔 말이지. 민지는 정계에 막 출사표를 던지는 새내기 정치인처럼 비장한 표정과 각오로 캐릭터 생성 완료 버튼을 눌렀다.

클로즈베타와 오픈베타를 순차적으로 마치고 정식 출시된 '도티스―언더'에 대한 평가는 무척 좋았다. 클로즈베타나 오픈베타 때 보이지 않던 오류들이 정식 출시 이후에 드러나기 시작했고, 너무 많은 유저들이 동시에 모이는 바람에 서버가 터지는 현상도 있었지만 게임 스코어 자체는 항상 상위권을 유지했다. 서버 다운도 잦고 대기 시간도 길었지만 그 모든 걸 감수하고 플레이할 만한 게임이라는 극찬을 받기도 했다. 게임 자체에 대한 평가가 좋게 들려올 때마다 민지의 어깨도 덩달아 올라갔다. 게임의 흥망성쇠는 복불복이라지만 초반의 평가가 좋으면 유저가 꾸준히 유입되고, 그렇게 이 게임이 유명해지면 초기 유저들에 대한 희귀성도 올라갈 테니 말이다. 감투 쓰자고 게임을 하는 건 아니지만, 적어도 다른 유저들과 확실하게 구분되는 무언가를 간절히 바랐던 민지의 집착은 고스란히 이루어졌다.

300명 남짓한 사람들을 대상으로 진행된 클로즈베타에서 시작해 정식 출시 이후까지 꾸준히 게임에 접속하는 사람들은 드물었는데, 그중에서도 민지는 꽤 높은 순위를 담당하고 있었다. 학기 중엔 공부와 과 활동, 방학이면 파트타임 근무로 빡빡한 생활을 이어가

면서도 민지는 매일 부지런히 게임에 접속했다. 편의
점 아르바이트를 그만두고 PC방 아르바이트를 시작
하게 된 이유도 '도티스-언더' 때문이었다. 이렇다 할
만한 과금 포인트가 존재하지 않는 게임 속에서 독특
한 보상을 선점할 유일한 방법은 '출석'이었다. 매일
빠지지 않고 출석하면 100일, 300일, 500일 등 일정
숫자의 날마다 꾸준함을 기념하듯 자잘한 보상들이 내
려왔다. 민지는 바로 여기에 매료되어 있었다. 청소년
시절 이런저런 핑계로 학교를 빠지며 '개근'이라는 단
어와는 담을 쌓고 살았던 민지는 게임 내의 '개근'에만
큼은 열과 성을 다했다. 하루라도 빼먹으면 다시 1일
차로 돌아가 말짱 도루묵이 되어버리는 까닭에, 친구
들과 여행을 가는 등 집에서 게임을 플레이할 여건이
되지 않을 때에도 민지는 노트북을 챙겨 가서 게임을
구동하거나 갈 만한 PC방을 미리 확보하는 등의 노력
을 기울였다.

"너 그거 중독 아니야?"

"게임을 꼭 그렇게까지 해야겠어?"

"게임보다 현생에 좀 더 집중해야 하는 거 아닐까
요?"

사람들을 만날 적마다 게임 이야기를 하는 편은 아

니었으나 대화를 섞다 보면 자연스럽게 게임 이야기가 나왔다. 그러면 사람들은 꼭 이런 질문을 늘어놓곤 했다. 대개는 걱정하는 표정이었지만 더러 이해할 수 없다는 듯 불쾌함 가득한 말투를 던지기도 했다. 물론 민지는 그것에 일일이 대응하지 않았다. 오히려 취미 생활을 이해하지 못하는 그들을 속으로 비웃을 뿐이었다. 밤새 게임을 해서 다음 날을 망치는 것도 아니고, 운동 및 식이 습관도 나쁜 편이 아니며, 오히려 주변의 또래들보다 잠도 더 잘 잤고 규칙적으로 생활하고 있었기 때문이다.

이미 '도티스-언더'는 클로즈베타 때부터 취미라기보단 일상이었고, 게임이 가져다주는 순기능 또한 민지에게 중요하게 작용했다. 가장 큰 장점은 성격의 변화였다. '도티스-언더'가 아닌 다른 게임들에서 제대로 된 길드 생활을 즐겨본 적이 없고 사람들과 무리 지어 돌아다니거나, 레이드에 참여하는 것도 별로 좋아하지 않던 민지는 이 게임에 진입하고 나서야 사람들과 어울리는 일에 흥미를 느끼고 자신이 붙기 시작했다.

'발렌타인'은 게임의 원년 멤버이니만큼 다양한 포지션에서 우위를 점할 수 있었다. 그런 이유로 자신이 속한 길드에서 난생처음 임원을 맡기 시작한 민지는 길드원들과 파티를 꾸려 사냥을 나가고, 길드의 물자를 관리하는 등 제법 중요한 임무를 수행하며 일종의 책임감에 고무되어 있었다. 클로즈베타 때부터 다진 나름의 노하우를 발휘해 게임에 새로 유입된 유저들을 자주 돕다 보니 어느새 민지는 길드의 길잡이가 되었다. 게임 자체의 재미도 재미지만 그 안의 활발한 길드 생활은 또 다른 신세계였다. 발렌타인의 레벨이 어느 정도 쌓이고 티리스 종족 내에서 안정적인 상위 랭커가 되었을 때부터 민지는 길드 생활에 총력을 기울였다. 길드의 위상이 높아질수록 더 넓고 다양한 게임 콘텐츠를 즐길 수 있었기 때문이다.

'도티스-언더'는 론칭 이후 꾸준히 소위 '잘나가는' 게임의 반열에 놓여 있었다. 국내에서 게임을 좀 즐긴다 싶은 사람들은 모두 이 게임을 한 번쯤은 플레이해 봤거나 인지하고 있었고, 게임 자체에 대한 평가는 초기 때보다는 약간 하락했지만 그래도 상승선을 유지하는 중이었다. 개발사인 '아리안소프트'가 '도티스-언더'의 해외 론칭을 준비하고, 그로 인한 대규모 패치를 실행하기 전까지는 말이다.

론칭 3주년을 맞아 전례 없던 패치 업데이트를 진행

할 예정이라는 이야기에 유저들은 일찌감치 들떠 있었다. 업데이트하는 동안 게임을 할 수 없으므로 출석 보상이나 그 기간에 진행되는 레이드들에 대한 각종 보상이 예고되어 있었고, 그 수준은 지금까지 없었던 엄청난 규모였다. 업데이트 일주일 전, 1차로 공개된 개발진의 뉴스에는 온통 황금빛 이야기만 쓰여 있었으므로 수많은 유저들은 역시 '갓겜'이다, 이렇게 퍼주는 게임은 세상에 없다, 해외로 널리 퍼져 나가길 바란다며 충성을 약속했다. 하지만 업데이트 직전 아리안소프트가 내놓은 2차 뉴스는 그 단단한 열기를 순식간에 차갑게 만들어버렸다.

3주년 패치의 가장 큰 문제는 종족 하나가 영구 삭제될 예정이라는 데 있었다. 업데이트 진행 기간은 일주일이 넘었다. 많은 유저들은 기다림의 시간만큼 게임 내 UI를 대폭 개선하거나 아이템 드롭률, 몬스터 출현율 등을 조절하며 좀 더 쾌적한 플레이를 즐길 수 있기를, 그리고 풍성한 스토리가 탑재되기를 바랐다. 그런데 돌아온 건 날벼락 같은 소식이었다. 업데이트 뉴스가 배포된 그 즉시 각종 게임 사이트 게시판은 '도티스-언더' 이야기로 도배가 되었으며 커뮤니티 게시판이 있는 게임 홈페이지는 마비가 될 수준에 이

르렀다. 회사로 항의 전화가 빗발친 것은 말할 것도 없었다. 질문과 비난을 던지는 대부분은 삭제가 예정된 마법사 종족, 몰탄의 유저들이었다.

이후 아리안소프트는 몇 차례의 공지를 통해 기존 몰탄족이 샤할린이나 티리스, 크리타 등의 종족으로 이주를 원하면 적극적으로 모든 것을 지원해 주고 보상도 넉넉히 넣어줄 거라며 유저들을 달랬다. 하지만 결과는 그다지 좋지 못했다. 몰탄을 제외한 종족을 플레이하고 있던 유저들은 자신들에게 떨어지는 보상에 대체로 만족하면서도, 몰탄을 삭제해야만 하는 이유에 대해 해명을 강력히 요구했다. 하지만 두루뭉술한 답변만 나열되었을 뿐이다. 시스템의 최적화를 위해 어쩔 수 없는 판단이었다든지, 몰탄족의 다양한 효과와 아지트를 운용하기 위해 너무 많은 자원이 사용되고 있다든지 하는, 유저 입장에서는 조금도 납득할 수 없고 납득하기도 힘든 이상한 변명들이었다.

수많은 반발과 비난에도 3주년 패치는 예정대로 진행되었다. 패치가 진행되고 난 후 전체 유저의 5분의 1 정도가 복귀하지 않았다. 몰탄족을 플레이하던 유저는 정말 소수를 제외하고 종족을 변경하지 않은 채 그대로 사라져 버렸고 운영 자체에 신물을 느낀 사람들은 탈퇴했다. 민지 또한 업데이트 이후 쏟아지는 보상에 잠시 심취해 있었지만, 길드원 중 몇 명이 '이 게임에 망조가 든 것 같다'는 말을 흘릴 때부터 조금씩 불안해지기 시작했다.

이후 원래는 없었던 게임 내의 결제 시스템이 도입되면서 유저는 더 빠르게 이탈하기 시작했다. 또한 그즈음 월정액 시스템을 기반으로 '도티스-언더'와 세계관을 미세하게 공유하는 듯한 새로운 게임이 막 론칭을 시작했는데, 대규모 자본을 등에 업고 광활하게 마케팅을 진행했기에 '도티스-언더'를 떠나 그쪽으로 옮겨가는 사람들이 많았다. 민지도 조금 흔들렸고, 길드 내에서 이탈하는 사람들이 제법 나오기 시작하자 약간의 호기심이 들어서 플레이도 몇 번 해보았다. 하지만 익숙한 패턴에서 쉽게 벗어날 수 없었다. 그리고 무엇보다 민지에겐 아직 이 세계에 대한 애정이 많이 남아 있었다.

발렌타인은 힐러 중에 상위 랭커를 지키고 있었고, 민지가 속한 길드 또한 굳건히 자리를 지키고 있었다. 하지만 언젠가부터 민지에게 이 게임은 단순 재미와 흥미가 아닌 습관이 되어버렸고, 민지는 꾸역꾸역 하루치 과제를 해내듯 그 습관에 길들여졌다. 업데이트를 반복하며 퀘스트는 계속해서 쏟아져 나오고 있었지만, 그와 관련된 자잘한 결제를 요구하는 시스템이 거듭되자 슬슬 '너무한다'는 말이 유저들 사이에서 돌기 시작했다. 이제 망한 게임이 되어버렸다는 소문은 빠르게 확산되었고, 그건 결국 유저들의 탈퇴 및 게임 삭제로 이어졌다.

언제 무너질지 모르는 불안함 속에서도 민지는 게임을 계속했다. 출석 보상이 없어진 이후 조금 편안한 마음으로 게임에 임할 수 있었지만 그것도 잠시였다. 반복적인 보상 자체가 줄어들어 게임에 접속하는 텀이 점점 길어지기 시작했다. '망겜'이라는 말이 주기적으로 돌던 때로부터 무려 2년을 넘는 시간을 민지는 꾸역꾸역 게임에 접속했다. 그리고 어느 순간 더는 이렇게 무료하게 취미 생활을 할 수 없다는 결론에 도달했고, 며칠의 고민 끝에 바탕화면의 가장 잘 보이는 곳에 언제나 놓여 있던 '도티스-언더'의 바로가기를 삭제했다. 민지가 클로즈베타 때부터 게임에 충성해 온 지 정확히 6년째 되는 겨울이었다.

게임의 바로가기를 삭제했지만 게임을 구동하는 데 사용하는 데이터는 그대로 하드디스크 어딘가에 남아 있는 상태였다. 끝까지 그 데이터를 삭제하지 못한 이유는 자신의 캐릭터, 발렌타인에 대한 애정 때문이었다. 처음 티리스 구역에 떨어져 온갖 몬스터들의 공격을 받아가며 레벨 업 하던 때의 불안, 쭈뼛거리며 파티에 들어가 드디어 한 사람 몫을 해냈던 때의 쾌감, 길드원들을 이끌고 성공적으로 공성전을 마쳤을 때의 안도감, 그 모든 것들이 기억 속에서 영영 지워질 것 같다는 생각이 들어서였다. 예전의 북적거리는 전장도, 몬스터가 드글거리는 숲도 이제는 황폐 그 자체가 된 지 오래였지만, 그럼에도 불구하고 시찰을 나가고 몇 없는 사람들과 레이드를 진행하고 전투를 벌이며 게임을 버텨올 수 있었던 건 그런 감정들 때문이었다. 이 게임과 이 세계를 만나기 시작할 때부터 지금까지 민지의 현생과 비례하게 수많은 이벤트들이 일어났다가 사라졌고, 민지의 머릿속에 그 기억은 고스란히 박제되어 있었다.

다른 사람들이 몇 번이고 종족을 바꾸고 직업을 바꾸며 길드를 이전할 때도 민지는 발렌타인과 함께 그 자리 그대로에 있었다. 티리스 마을을 떠난 적은 단 한 번도 없었다. 때문에 게임의 바로가기를 삭제하기 직전의 며칠 동안, 민지는 정말로 오랜 시간을 보냈던 이 세계의 곳곳으로 워프하며 한 번씩 눈에 담았다. 길

95

드에 남아 있는 길드원들조차 드문드문 접속했기에, 그 누구와도 작별 인사를 주고받지는 않았다. 민지와 마음을 주고받으며 친분을 쌓아온 사람들은 이미 이곳을 떠났기 때문이다.

바탕화면에서 '도티스-언더'의 바로가기 버튼이 삭제되고 몇 주 후, 아리안소프트는 게임의 서비스 종료를 발표했다. 오랜 시간 이 게임을 사랑해 준 유저들에게 감사를 전하는 편지 형식으로 배포된 공지였지만, 그 누구도 그 공지에 마음이 움직이거나 안타까워하지 않았다. 다들 게임의 폐기가 순리라고 생각했고 그 의견에 민지 또한 동의했다. 게임 내에서 정리할 게 있다면 두 달 내로 마무리하라는 공지가 이어졌지만, 그곳에서 정리할 게 뭐가 있단 말인가? 기억하고 싶은 장면들을 담은 스크린샷은 이미 외장하드에 넣어둔 후였다. 한 번 정도는 접속해 볼까 하는 생각이 불쑥 들긴 했지만 게임 속에서 아이템을 가지고 나올 수도 없고, 모두가 떠나버린 황폐한 곳에 다시 들어가 뭐 할까 싶어 금세 그 마음을 접었다.

PC 게임에서 모바일 게임으로 민지의 관심이 이동하면서 '도티스-언더'는 이제 완전한 추억이 되어버렸다. 그럼에도 불구하고 민지는 하드디스크에 자리하고 있을 데이터만은 여전히 지우지 않았다. 그 데이터를 다시 구동하는 일은 없을 게 분명했으나 그래도 그것만은 그냥 내버려두고 싶었다. 게임이 완전히 사라지기 직전, 그때 허겁지겁 한 번쯤은 또 둘러보고 싶을 수도 있을 테니까. 수동으로 그 데이터를 삭제하는 일은, 어쩐지 못 할 짓을 하는 것만 같았다. 용량만 차지하고 있는 쓸모없는 데이터라는 걸 알면서도 말이다.

〔그동안 감사했습니다. 새로운 모습으로 찾아뵙겠습니다.〕

종료를 열흘 앞둔 어느 날, 아리안소프트에서 마지막 메일을 보내왔다. 민지는 제목만 읽고 내용은 보지 않은 채 스팸 메일로 분류한 다음 쓰레기통에 넣었다.

3

정신이 돌아오자마자 퍼뜩 일어나 주변을 둘러봤다. 사방은 칠흑같이 어두웠다. 캐릭터 선택 창에서만 만날 수 있는 온전한 그 어둠, 그것과 꼭 같은 색이다. 눅진한 통증이 발바닥에서부터 시작해 발목께까지 밀려왔다. 앞뒤를 분간할 수 없는 어둠이었으나 바로 옆에 클루가 누워 있다는 정도는 구분할 수 있었다. 나는 앞뒤 생각할 겨를 없이 클루를 흔들어 깨웠다.

"일어나! 일어나라고!"

클루에게서 죽음의 징조나 상태 이상은 읽히지 않았지만, 사방팔방에 버그가 넘치기 때문에 내 탐지 능력을 온전히 믿을 수 없었다. 우선 있는 힘껏 클루를 강하게 깨우는 수밖에.

팔이 얼얼할 정도로 클루를 흔들었지만 클루에게는 별다른 반응이 나타나지 않았다. 나는 밑져야 본전이라는 생각으로 클루와 나를 타깃으로 광역 힐링을 시전했다. 힐을 고스란히 흡수한 클루는 곧 기침을 쿨럭거리며 눈을 떴다.

막 정신을 찾은 클루는 반사적으로 전투태세를 갖추고 주변을 두리번거렸다. 어둠 속에 클루의 표정이 아주 명확하게 보이지는 않았으나, 적잖은 긴장의 기운이 우리 주변을 맴돌았으므로 클루의 혼란을 고스란히 느낄 수 있었다. 나는 한 번 경험을 해본 터라 이제는 어둠 자체가 그렇게 두렵지 않았다. 어쩌면 클루는 이 상황을 처음 느껴보는 것일 수도 있겠다는 생각이 들었다.

"어떻게……?"

클루가 빛나는 눈동자로 나를 바라보며 물었다. 이글거리는 두 개의 불꽃이 클루의 눈동자 안쪽에 짙게 드리워 있었다. '불안의 시선'이다. 크리타의 각성 상태가 최고에 이르면 자신의 체력 일부를 깎아가며 탐지 능력과 도발 능력을 최대화시키는 주문이라고 알고 있다. 크리타를 이렇게 가까이서 본 적은 없었으니까. 불꽃이 한쪽은 푸른색 한쪽은 초록색이라느니, 혹은 타 종족의 피를 갈아 넣어 만든 듯한 짙은 와인색이라느니 했던 이야기는 그저 소문에 불과했다는 사실을 알 수 있었다. 마치 티리스 마을 중앙 광장에 돌처럼 자리하고 있는 늙은 장로의 신비로운 수정 구슬을 들여다보는 듯한 느낌이었다.

클루의 눈동자가 어둠 속에 영롱하게 빛나 잠시 넋을 놓았지만, 나는 곧 정신을 차렸다. 이대로 각성 상태가 오래 지속된다면 클루는 분명 체력의 한계가 올 테고, 그것을 방지하기 위해 나는 지속적으로 힐을 넣어주어야 한다. 클루에게 써야 하는 광역 힐은 약간의 휴식 후에 사이클이 돌아온다는 단점이 있다. 나는 티리스 마을에서 나와 클루를 만난 이후로 휴식을 취한 적이 없다. 클루를 진정시켜 조금이라도 쉬어야 한다.

"괜찮아. 우린 살아 있어."

나는 얕은 숨을 헐떡이는 클루의 어깨에 손을 올리고 클루를 진정시키기 위해 노력했다. 물론 우리가 균열에 먹히지 않고 살아 있다는 건 클루도 느낄 수 있을 정도로 자명한 사실이었다. 사망 상태에 이르거나 지독한 상태 이상에 걸렸다면, 힐도 쓸 수 없고 움직일 수도 없을 테니 말이다. 클루는 머리론 내 말을 이해하는 것 같았지만 선뜻 각성을 해제하지 못하는 듯했다. 나는 클루를 안심시키기 위해 각종 잡스러운 보호막을 시전했다 껐다를 반복했다.

"우리가 만약 균열에 먹혔다면 이런 것도 할 수 없을 거야. 네가 나보다 이 세계에 오래 지냈으니, 너도 감으로 그런 것 정도는 알 수 있을 거고."

소란스러운 내 손짓을 가만히 바라보던 클루는 질색하는 표정을 지어 보이며 곧 각성 상태를 강제로 해제했다. 사방을 잠식하던 클루의 숨소리와 심장 박동이 얕아졌다. 무언가를 잡아먹을 듯이 불타던 클루의 눈동자는 원래의 짙은 갈색으로 바뀌어 있었다.

"어떻게 된 거지? 우린 분명 그 바닥으로 떨어졌는데……."

클루는 자신의 몸 곳곳을 훑었다.

"네가 깨기 직전에 힐을 넣었어. 그러니까 특별한 이상은 없을 거야."

"여긴 너무 어두워. 이런 어둠은 겪어본 적이 없어."

사방을 향해 손을 휘젓는 클루를 바라보며, 나는 가방 안쪽에 있는 성냥을 꺼내 불을 붙였다. 그러자 따뜻하고 은은한 불빛이 주변을 밝혔다. 클루는 익숙한 불빛에 안도의 한숨을 쉬면서도 여전히 의심을 거두지 못하는 눈치였다.

"나는 처음은 아니야. 가만히 봐봐, 어디서 많이 본
것 같지 않아?"

그러자 클루는 주의 깊게 주변을 찬찬히 둘러보다
어둠 속을 응시했다.

"선택 창……. 캐릭터 선택 창."

"맞아, 그거랑 똑같아."

"그럼 우리가 다시 그 지점으로 돌아간 걸까? 아니
면, 이런 공간이 이곳에 또 있었나?"

"그건 아닐 거야. 우선 거기는 이렇게 다른 계정의
두 유저가 접속할 수 없고, 또……."

다시 혼란으로 가득찬 눈빛을 보내는 클루에게 대
답을 하다가 갑자기 말문이 막혔다. U가 생각났기 때
문이다. 그건 그렇지. 캐릭터는 유저에 종속되어 있고,
유저 한 명당 하나의 캐릭터밖에 만들지 못하는 게 당
연하다. 클루가 전해준 정보, 이 세계가 곧 완전히 사
라질 거라는 그 정보를 의심하는 건 아니지만 여전히
믿고 싶은 게 있었다. U가 빠른 시일 내에 이곳에 접
속해 다시 나를 조종해 줄 것이라는 기대. 어쩌면 이
어둠 속에서 눈을 떴을 때, 나는 클루가 곁에 없기를
바랐던 게 아닐까? 클루 대신에 익숙한 U를 만나기를

102

기다렸던 게 아닐까. '유저'라는 단어를 스스로 되뇌일 때마다 반짝, 하고 예전처럼 U가 나를 데려가주기를 바란 게 아닐까.

그런 간절함이 아직은 남아 있기에, 캐릭터 선택 창과 꼭 같은 성질의 이 어둠이 익숙하고 반갑게 느껴졌을 것이다. 클루와 함께 다시 깨어나서 다행이긴 하지만 한편으로는 아쉬운 마음이 들기도 했다. 물론 클루에게 이런 말을 할 수는 없지만 말이다.

나는 혼란을 가까스로 잠재우고 있는 클루를 바라보며 가만히 생각을 이어갔다. 나보다 이 상태로 오랜 시간을 이곳에서 보낸 클루는, 나처럼 유저를 기다리고 있을까? 클루의 랭킹이나 능력만 보더라도 클루의 유저는 클루를 완전하게 완벽히 이해하고 클루에게 온 정성을 쏟았을 것이 분명하다. 클로즈베타 유저들만 가지고 있는 귀환석을 클루도 가지고 있는 모습을 보면 클루의 주인 또한 이 세계에 푹 빠져 지낸 사람이 확실할 테다. 몇 년 째 클로즈베타 유저를 보지 못했다.

클루를 오래 알고 있던 건 아니다, 오히려 모른다는 쪽에 더 가까운 편이지만, 어쨌건 그 짧은 시간 동안 유저에 대한 이야기를 조금도 하지 않는 걸 보면 클루는 이미 유저를 잊었거나 혹은 잊으려고 노력한 게 아닐까 싶었다. 어차피 지금 아무런 도움이 되지 않는 이야기를 해봤자 서로 좋을 리 없지만, 그래도 나는 클루의 진심이 궁금했다. 이곳에서 생존해 온 시간만큼 클루도 유저를, 말하자면 자신의 '끈'을 향한 일말의 희망을 버리지 않고 있을까.

"적어도 갇힌 건 아니니 다행인가."

클루가 혼잣말을 중얼거렸다. 클루의 말이 맞다. 사방이 어둠에 싸여 있지만 어쨌든 어딘가에 갇혀 있거나 움직일 수 없는 상태는 아니다. 우리는 선 자리에서 우선 조금씩 움직여 보기로 했다. 조금의 빛도 찾을 수 없지만 일단 걷다 보면 방법이 나오지 않을까 하는 판단이 앞섰기 때문이다. 그대로 가만히 있다간 진짜 균열에 먹힐 수 있다는 클루의 말에 나도 동의했다.

방향감각을 상실한 채 성냥 불빛에 의존하며 얼마나 걸었을까. 발아래 느껴지는 질감이 살짝 바뀐 것 같아서 바닥을 유심히 바라봤다. 불빛을 아래로 비춰보니 작은 대리석에 장식된 타일 같은 것들이 붙어 있었다.

"샤할린 구역이야. 틀림없어."

바닥을 상세하게 확인한 클루는 기뻐하는 기색이

역력했다. 어둠은 아직 그대로였지만 어쨌든 가고자 하는 곳의 정반대 방향으로 달려갔음에도 불구하고 용케 이곳에 도착했음을 자축했다. 종족 간의 결계가 모두 사라졌다고 해도, 이렇게 아무렇지도 않게 샤할 린들의 마을에 발을 들여놓아도 되는 걸까? 수많은 샤 할린들이 들고 있던 거대한 도끼날이 생각나 등골이 섬뜩하다. 하지만 클루는 태연하게 나의 주춤거리는 걸음을 재촉했다.

자신만만한 클루를 따라가면 갈수록 어둠은 옅어졌 다. 샤할린 구역의 광장에 이르자 암흑과 같았던 어둠 은 완전히 걷혔는데, 우리 둘 다 그게 자체적으로 사 라진 것인지 혹은 환경 변화의 일부분인 것인지 그것 도 아니라면 단순 버그인지를 명확하게 판단할 수 없 었다.

클루는 지체하지 않고 어딘가를 향해 성큼성큼 걸 어갔다. 나는 그런 클루에 발맞춰 빠르게 따라갈 수밖 에 없었다. 샤할린들은 많이 만났어도 샤할린 구역은 처음인 나는 마치 이 세계에 처음 접속한 듯 어안이 벙벙했다. 길드원 대부분이 샤할린이었지만 마을에 대한 이야기는 들어본 적이 없고, 내가 감히 다가갈 수 있는 곳도 아니었으니까. 그런 내가 이렇게 자연스럽게 샤할린 구역을 활보하고 있으니, 길드원들은 어떻게 생각할까. 무심결에 길드원 목록과 친구 목록을 확인해 봤지만 역시나 접속 중인 캐릭터는 없었다. 이 사실을 알면 샤할린들은 불쾌해할까 반가워할까 궁금했다.

멀리서 무언가가 부시럭거리며 움직이는 게 느껴져 잔뜩 신경을 곤두세웠지만, 어쩐 일인지 클루는 태연해 보였다. 내 마음을 또 읽기라도 한 듯, 클루가 말했다.

"이쪽으로 오지 않을 거야. 재들도 우리랑 같은 버그거든. 너도 아는 얼굴이 있을지도 몰라."

클루는 손가락을 가리켜 언덕 너머를 짚었다. 살며시 내려온 달빛에 곧 그들의 모습이 드러났다. 모래사자 두 마리, 그리고 그 옆에는 아주 평범한 형상의 샤할린이 서 있었다. 초반 레벨 업 퀘스트를 진행할 때 자주 봤던 모래사자라 반가운 마음이 들었지만, 모습이 아주 기괴하게 바뀌어 있었기에 이질감이 들었다.

"그 옆의 샤할린은 캐릭터야?"

내가 묻자 클루가 어깨를 으쓱했다.

"뭐, 일단은 아닌 것 같아. 지난주에도 저기서 모래사자들과 함께 다녔거든. 말을 걸어보려고 손을 흔들면 이쪽으로 손을 흔들어주긴 하는데, 딱 그 정도 반웅만 있어. 처음에는 우리랑 같은 캐릭터라고 생각했는데 뭐랄까, 생기 같은 것이 잘 느껴지지 않는다고 해야 할까. 어쨌든 공격이 아니라 그냥 저기 있는 게 목적인 것 같아. 사자들이랑 이 구역을 배회하면서 말이야."

모래사자들의 생김새가 바뀐 이유도 이상 현상 때문일 테다. 중갑으로 무장한 샤할린이 이쪽을 향해 손을 흔들었고 나도 얼떨결에 그를 따라 손을 들었다. 샤할린 마을에 상주하는 NPC라면 티리스 마을에도 같은 것이 있어야 하는데, 아무것도 찾을 수 없었던 이유는 뭘까.

티리스 마을의 내 집이나 길드 아지트로 날아가고 싶은 마음이 불쑥 들어 가방 속의 워프 스위치를 꺼내 봤다. 그러나 여전히 꺼진 상태였고, 작동할 기미조차 보이지 않았다.

"그건 그만 잊어. 어차피 이젠 쓸 수 없으니까."

샤할린 구역으로 들어오자마자 놀라울 정도로 침착함을 되찾은 클루가 내 행동을 유심히 바라보며 말했다. 이 세계에 기현상이 생기면서부터 가장 먼저 워프의 사용이 불가했다며, 귀환석이든 소환석이든 워프든 순간 이동하는 모든 행동을 사용할 수 없게 되었다고 나지막이 말을 이었다.

하긴, 워프가 작동했다면 굳이 이렇게 두 발로 걸어 다닐 일도 없었을 테다. 나는 길가의 돌멩이와 다름없게 변한 워프를 바닥에 버릴까 잠시 고민하다가, 그래도 혹시 모르니 가지고 있기로 마음먹었다. 알 수 없는 일들이 무수하게 일어나고 있으니 정말로 혹시, 그래도 혹시, 모르는 일 아닌가. 지금은 작동되지 않지만 희미하고 영롱한 빛을 밝히고 있는 마을 귀환석처럼 말이다. 그 기운이라도 받으라고 부러 가방 속 귀환석 바로 옆 칸에 워프 발동기를 쑤셔 넣었다.

시간은 빠르게 흘러 금세 완전히 어둑한 밤이 찾아왔다. 그 난리에도 불구하고 밤하늘은 여전히 밝은 별들을 품고 있었다. 어둠에 적응해서인지 아니면 밤이 되자 들려오는 풀벌레 소리 때문인지 모르겠지만, 마음이 좀 차분하게 가라앉는 듯했다.

클루는 긴장을 풀고 잠시 명상하는 자세를 취하다가 곧 자리에서 일어나 야영을 할 채비를 하기 시작했다. 클루의 가방은 떠돌이 만물상처럼 없는 게 없어 보였는데, 간이 텐트와 침낭, 그리고 모닥불과 식용버섯 등 탐험에 필요한 모든 게 끊임없이 나왔기 때문이다. 들고 있던 보조 가방을 끝까지 탈탈 턴 클루는 빠른 손으로 아이템들을 가방 속에 다시 차곡차곡 정리해 넣었다. 그러고는 재빨리 모닥불을 밝히고 여섯 시간 정도 지속되는 은신 장막을 모닥불 주변에 덮은 후, 버섯과 감자를 꺼내 불에 굽기 시작했다. 도와줘야 할 게 있을까 싶어 클루 주변을 서성였지만 소용없었다. 클루는 그 모든 일들을 일사불란하게 수행했다. 오랜 시간 해왔던 것처럼, 신속하고 능숙한 손놀림이었다.

타닥타닥 장작이 불규칙적으로 타는 소리가 들려오고 따듯한 기운이 온몸을 감쌌다. 허기만 가볍게 해결한 우리는 곧 각자의 잠자리에 들었다. 잠자리라고 해봤자 정사각형 모양의 거대한 모포를 둘이 나눠서 쓰는 정도였다. 그래도 바닥으로부터 올라오는 냉기나 한기를 막을 수 있었다. 공기가 아주 차진 않았지만, 새벽이 되면 또 어떻게 변할지 알 수 없었다. 게다가 기본적으로 추위 저항 능력이 없어 나는 그런 위험에 노출되고 싶지 않았기에 클루와 나란히 눕는 어색함 정도는 감수할 수 있었다.

모포 위에 완전히 몸을 누이기 전, 장막 근처에 가볍게 지속성 반사 보호막을 시전했다. 가벼운 마법이나 투척물 정도는 튕겨내는 흔한 마법이다. 파티원이 아닌 물체를 대상으로 하는 건 오랜만이라 약간 어색했다.

"티리스랑 함께 있으면 역시 편하군."

클루는 신기하다는 듯 빤히 내 손을 바라보다가, 곧 눈을 감고 말을 이었다.

"또 땅이 꺼지거나 할지 모르니까 너도 빨리 자둬. 네 광역 힐은 우리 모두에게 필요하니까."

엄밀히 말하면 광역 힐은 나보다 클루 자신에게 필요한 거라고 해야겠지만, 지금 굳이 말다툼을 벌일 필요는 없겠지. 나는 대답 대신 고개를 끄덕이며 클루 옆에 가만히 누웠다. 클루는 자리에 눕자마자 가방과 물품을 모두 잠금 상태로 해놓았는데, 그 모습을 보니 어쩐지 그래야 할 것만 같아 나도 내가 가진 모든 물건에 잠금장치를 걸어두었다. 클루를 아직 온전히 신뢰하는 것도 아니고 내가 뭐라도 훔쳐 갈까 걱정하는가 싶어 기분이 썩 좋지 않았으나 애써 감정을 숨기려 노력했다.

"난 이게 습관이야. 자는 동안 아이템이 떨어져 나갈 수도 있으니까 일부러 그런 거라고."

하지만 클루는 역시 내 머릿속을 훤히 들여다보듯 나지막이 중얼거렸다. 나는 흠칫 놀라 클루를 바라봤지만 말을 마치자마자 곧바로 잠이 들기라도 했는지 미동도 하지 않았다. 저 생각을 읽는 기술, 저것만 없어도 좀 더 가까워질 수 있을 텐데. 정말이지 적응이 안 된다니까.

제법 익숙해졌다고 생각했지만, 여전히 크리타와 함께라는 사실이 믿기지 않는 순간이 있다. 나는 모포 위 팔을 포갠 채로 별빛이 반짝거리는 밤하늘을 응시했다. 모든 것들이 변한 이 세계에서 유일하게 변하지 않는 건 저 하늘일까. 하늘을 올려다본 적은 많지 않지만 그래도 언제고 기억해 낼 수 있는 풍경 중 하나다. 밤하늘의 아름다움만은 티리스 마을에서 보았던, 혹은 전장을 누비며 이따금 올려보았던 그대로였다. 저 황홀할 정도로 빛나는 고즈넉한 밤하늘 어딘가가 갑자기 일그러져 붕괴되거나 혹은 기괴한 모습으로 완전히 변해버리면 어떻게 해야 할까 하는 상상을 잠시 해봤지만, 그 망상을 계속 이어가기에 눈앞의 하늘은 너무도 고요했다. 얼마 지나지 않아 나는 평온 상태로 진입했다.

선잠이 든 와중에 문득 저 하늘이 갑자기 사라지고, 잠시나마 누리고 있는 이런 평안을 떠나 현재 내게 가장 중요한 인도자인 클루와 완전히 떨어진다고 해도 나에게 U가 다시 돌아온다면, 그 모든 걸 감수한다고 해도 이곳으로 U가 한 번만 다시 접속해 준다면 좋을 것 같다는 생각이 들었다. 아무도 없는 티리스 마을을 지나 사막지대를 거쳐 이곳 샤할린 마을까지 걸어오는 건 다시 없을 경험이 분명하다. 탐험 경험치에 자리가 있다면 몇백 포인트를 받고도 남았을 이 모험을 기억하고 기록하고 싶은 생각은 간절했다. 하지만 그 모든 기억이 삭제되고 경험을 되돌릴 수 없다고 해도 U만 내 곁에 있다면 괜찮을 것 같았다. 아니, 지금이라도 선택의 주사위를 돌려야 한다면 기꺼이 U가 다시 내 눈앞에 나타나는, 그래서 그와 함께 대지를 활보하는 쪽에 온 행운을 걸 것이다.

잠깐의 잠을 자고 일어나면 이 세상은 또 어떻게 바뀌어 있을까. 나는 불안과 평온이 공존하는 이상한 감정 속에서 곧 잠을 청했다. 눈을 뜨면 클루가 말했던 마지막 날이 조금 더 가까워질 것이다. 그때까지 내가 살아 있을 수 있다면 말이다.

4

클루와 나는 생각보다 일찍 샤할린 마을을 벗어났
다. 한곳에 오래 머물면 위험할 것 같다는 클루의 판단
때문이었다. 클루는 두 개의 캐릭터가 한 공간에 오랜
시간 겹쳐 있다면 그만큼 버그의 위험도가 높아지지
않을지 걱정했다. 나는 클루의 의견에 부정할 수도 긍
정할 수도 없었다. 이미 나의 선택권은 클루가 가지고
있는 거나 마찬가지였으니까.

예전의 나였다면 아마 면밀히 고민한 뒤 최선의 선
택을 먼저 제안했을 테다. 이를테면 이렇다. 패치 후
새로운 지역이 생기면, 탐험을 막 즐기려는 길드원들
과 전략적으로 파티를 맺고 경험치를 조금이라도 더

얻기 위해 1부터 10까지 체계적으로 움직였을 것이다. 중립 지역 외의 전투 가능 구역을 선점할 때마다 길드 보너스가 작용했기에, 무작위로 탐험하며 길을 밝히는 쪽보다는 거점 구역을 하나 정해놓고 그 주변을 천천히 정리해 가는 쪽을 택했다. 따지고 보면 그건 전부 U가 한 일이지만, 나는 U와 한 몸이니 그게 그거라고 할 수 있다. 미지의 구역이 넘쳐나던 시기에는 그렇게 탐험에 공을 들였다. 우리 길드뿐만 아니라 다른 길드들도 마찬가지였다. 그래서 그때는 자주 길드전이 벌어지곤 했다.

전투 자체가 격렬해질수록 나의 존재가 중요해졌다. 티리스를 소유하지 못한 파티나 길드는 물약으로 떨어지는 체력을 충당해야 했다. 당연히 그건 한계가 있었고, 매번 물약을 마실 때마다 턴을 소비해야 했기에 상대적으로 불리했다. 그에 비하면 나는 뒤로 멀리 빠져 힐만 담당하면 되었으니 제법 편했던 셈이다. 물론 가끔 비정상적인 워프를 타고 내 쪽으로 붙어 나부터 해치우려 하는 자들도 있었지만, 나는 항상 듬직한 체구의 샤할린들이 속한 파티에 초대되었기 때문에 급습당해 사망하거나 녹다운되는 일은 한 번도 없었다.

멀리서 계속 손을 흔드는 NPC인지 뭔지 모를 것을

제외하면 이곳에서 다른 샤할린의 흔적은 눈곱만큼도 찾을 수 없었다. 클루는 그런 걸 어떻게 알 수 있냐고 신기해했다. 아무래도 크리타는 크리타끼리 다니거나 단독 행동을 자주 하는 편이니까 타 종족에 대해선 잘 모를 것이다. 다른 티리스는 어떤지 모르겠지만, 적어도 나는 그렇다. 특별한 스킬이 있는 것도 아니고 샤할린을 구별하는 레이더 같은 아이템이 있는 것도 아니지만 아무튼 그냥 알 수 있었다.

샤할린의 마을은 티리스의 마을처럼 온전한 편은 아니었다. 커다란 암석이라도 직격으로 맞은 듯 깊게 팬 곳이 군데군데 보였다. 클루는 아마 시스템 오류 때문이 아닐까 추측하면서도, 조심스럽게 몰탄족들이 그랬을 가능성을 짚었다.

"몰탄이 마을을 부수고 다닐 수도 있다고? 애초에 서로의 마을에 들어갈 수 없지 않아?"

"그것도 이 난리가 나기 전의 일이니까. 또 모르지. 어쩌면……."

클루는 말끝을 흐리더니, 단검 하나를 재빨리 빼내서 바로 옆에 있는 커다란 비석을 향해 던졌다. 비석은 아무런 타격도 받지 않은 비석은 클루의 단검을 그대로 튕겨냈다. 자신의 발아래에 던져진 단검을 다시 주운 클루는 연속으로 세 번 정도 같은 행동을 반복했다.

"흠, 역시 안 되네."

"그걸 꼭 직접 해봐야 아냐."

상위 랭커가 비석을 향해 단검을 투척하는 꼴이라니, 사진이라도 남겨두고 싶은 마음이었다. 클루는 바로 단검을 집어넣으며 툴툴거렸다.

"지금까지 해본 적은 없지만 그래도 혹시 모르니까. 미리 말해두는데 나는 샤할린에는 악감정이 없어."

나는 클루의 단검을 튕겨낸 비석을 자세히 살펴봤다. 생채기 하나 나지 않고 굳건히 자리를 지키고 있는 단단한 질감의 비석. 문자들이 가득 쓰여 있긴 했지만 읽을 수는 없었다. 어쨌든 이건 샤할린의 것이니까.

"몰탄은 할 수 있을지도 몰라. 없어졌던 종족이 언데드처럼 부활한 셈이니까……. 아니, 그 상태 그대로 이 세계에 계속 남아 있었다면, 어쩌면 걔들이 이 모든 버그를 주도하는 걸 수도 있고."

클루가 머쓱해하며 말을 이었다. 나는 머릿속으로 내가 기억하는 몰탄족의 모습을 떠올렸다. 커다란 망토를 둘둘 두르고 다니며 어떤 자리를 지나든 반드시 흔적을 남기던 마법사 종족. 화염구와 냉기 화살을 자유자재로 쏘기 때문에 샤할린과도 상성이 좋았다. 마법 주문이 기본이라 항상 원거리 공격 위주지만, 드물게 샤할린처럼 몸집을 키워 근거리 공격에서 전사만큼 뒤지지 않을 정도의 위력을 자랑하는 캐릭터도 있었다. 가끔 공용 투기장에서 꽤나 진귀한 경매품을 걸고 랭커들이 싸우는 걸 지켜본 적이 있다. 티리스는 기본적으로 최상위까지 가지 못하는 종족이기에 최상위에 있는 타종족들의 다툼을 보는 걸 나는 제법 좋아하는 편이었다. 그중 가장 인상 깊은 경기를 꼽으라면 역시 몰탄과 샤할린 1위 랭커들의 대결이었다. 일부러 그런 건지 잘 모르겠지만 지난 달은 몰탄, 이번 달은 샤할린 이렇게 주기적으로 왕좌를 나눠 가지는 느낌이었는데, 어쨌거나 결투 시에는 사력을 다해 싸우는 게 피부로 느껴질 정도였으므로 아주 좋은 구경거리였다. 관전 모드를 통하면 어떤 스킬을 쓰고 몇 분 간격으로 어떤 물약을 먹는지까지 지켜볼 수 있었기에 상위 랭킹을 지망하는 사람들은 그걸 보며 공부를 할 정도였다. 아마 U는 그 정도까진 아니었던 것 같고 그저 이 세계 일인자들의 싸움을 보는 것 자체에 흥미가 있었던 듯하다.

투기장의 이벤트는 적어도 몰탄이 사라지기 전까지 가장 즐거운 재미 중 하나였다. 대규모 패치 이후 몰탄이 사라지자 그 뒤로는 투기장 자체를 찾는 자들도 줄어들었던 것으로 기억한다. 적어도 내 기억에는 그렇다. 그전까진 길드원들과 소풍을 가듯 투기장에 방문했지만 패치 후로는 그곳에 다 같이 방문한 적이 없으니까. 그 근처에는 떠돌이 행상도 많았고 부러 멀리까지 원정을 나오는 상인들도 많았다. 그때 산 불량 약물에 대한 기록이 어딘가 있을 텐데.

종족 내 1위는 물론이고 전체 종족 모두를 포함한 상위 랭킹에서 내려온 적이 없던 그 몰탄족은 어떻게 되었을까. 샤할린이나 크리타, 혹은 티리스로 종족을 변환했다면 내가 모를 리 없다. 항상 검붉은 색의 망토를 두르고 보랏빛으로 반짝이는 티아라를 착용하고 있던 그 몰탄족의 이름이…… 뭐였더라. 짧고 부르기 편한 이름이었는데.

분명 친구 목록에 일방적으로 그를 추가한 기억이 난다. 신청을 수락했는지 어쨌는지는 잘 모르지만, 어딘가 그 이름이 저장되어 있을 것이다. 나는 오프라인 상태로 빼곡하게 나열되어 있는, 이제는 완전히 의미가 없어진 친구 목록을 아래로 쭈욱 내리다가 문득 그 이름을 떠올렸다.

미첼. 도티스의 수호자, 미첼. 다른 칭호를 선택할

수 있음에도 언제나 '수호자' 칭호를 고수했던, 보랏빛 티아라 위에서 반짝이던 그 이름과 칭호.

그러고 보니 지난번 몰탄과의 전투에서 반짝이며 빛나는 보라색 물건을 본 것 같기도 한데, 혹시 미첼이 아니었을까. 갑자기 다른 몰탄들보다 더 어둡고 더 짙은 색깔을 즐겨 입던 그 기운이 느껴지는 것 같아 나도 모르게 몸을 움츠렸다. 그러자 바로 옆에서 물약 주머니를 정리하고 있던 클루가 화들짝 놀라 나를 바라봤다.

"뭔데, 뭐가 보여?"

"아냐. 그냥 뭐가 좀 생각나서."

별거 아니라는 듯 말을 마쳤지만 사실 궁금했다. 클루는 크리타 랭커 중 하나로, 몰탄 종족이 사라진 시점 또한 당연히 알고 있었다. 그렇다는 건 이 세계의 황금기였던 시기에 플레이를 했다는 얘기니, 미첼을 모를 수가 없기 때문이다. 클루도 미첼과 일대일 경기를 했을까. 만일 그랬다면 누가 이겼을까.

클루는 대수롭지 않은 표정으로 나를 한 번 바라보더니, 떠나기 전에 주변을 탐색하고 오겠다며 잠시 시야에서 사라졌다. 바위 틈새를 꼼꼼하게 훑는 클루를 보며 나는 아주 오래전에 잠시 지나친 적 있던 몰탄족의 마을을 떠올렸다.

몰탄은 티리스, 샤할린 그리고 크리타와 다르게 바닷가의 외딴섬에 주거지가 있었다. 이쪽 대륙부터 섬까지는 작은 다리가 이어져 있었지만 그 다리 근처만 가도 몰탄의 방범 NPC가 길을 막아섰기에 다른 종족은 그 근처를 항상 빙 돌아서 지나야 했다. 나야 바다를 좋아하는 편은 아니지만 바닷가 근처는 항상 몰탄족의 차지였기 때문에 불만을 가진 유저들도 제법 있었다. 하지만 몰탄족 근거지 앞 바다는 전투 가능 지역도 아니고, 그저 풍경을 구경하기 위해서라면 누구나 자유롭게 오갈 수 있었기에 그런 이견을 귀담아듣는 사람은 별로 없었던 것으로 기억한다. 무엇보다 몰탄은 다른 종족보다 화려한 외향으로 어디에서건 늘 빛이 나곤 했으니, 몰탄의 휘황찬란한 장신구를 구경하는 일 자체를 즐기는 사람들도 많았다.

몰탄의 섬으로 가는 다리를 정작 몰탄들은 이용하지 않는다는 말을 듣고 좀 웃었던 기억도 있다. 다리를 걸어가면 그 위에서 이쪽 대륙이 어떻게 보이냐는 물음에 갸우뚱 고개를 기울이며 "누가 거길 걸어가요, 워프로 가지" 하고 답했던 길드원 이름이…… 뭐더라? 기억을 아무리 헤집어봐도 그 이름이 떠오르지 않아 나는 머리를 벅벅 긁었다. 그런 소소한 내용은 히스토리에도 남아 있지 않을 거다. 몰탄이 사라지기 전까지는 몰탄과 어울려 다니는 걸 꽤나 즐겼는데, 어째서인지 지금은 기억이 하나도 남아 있지 않은 느낌이다.

몰탄이 지나간 곳에 몇 초 동안 남아 있는 동그랗고 신비한 잔상의 생김새에 대해 떠올리려 애를 쓰던 중이었다. 잠깐의 탐색 이후 돌아온 클루가 곁에 털썩 주저앉으며 혼잣말을 중얼거렸다.

"아무래도 미쳴이 여길 다녀간 것 같은데."

클루의 말을 듣자마자 순간 머릿속에서 계속 굴리고 있던 몰탄족의 생김새, 미쳴에 대한 기억이 확 가까워지는 느낌이 들었다. 나는 클루를 빤히 바라봤다.

"미쳴…… 모르는 이름인가? 들어보지 못했을 리 없는데."

"아니, 나도 알아. 몰탄 랭커잖아. 이곳 사람들이라면 모를 리 없지. 내 말은 어떻게 미쳴이 여기 남아 있을 수 있냐는 거지."

클루는 무언가 생각났다는 듯한 표정을 지으며 내 말에 답했다.

"아, 내가 말 안 했던가? 몰려다니는 몰탄은 버그 중 하나라고."

"그건 알아. 그 몰탄이 미첼이라는 게 문제지."

"아, 그거. 뭐…… 그렇지."

클루는 어쩔 수 없다는 표정을 지으며 말을 이었다.

"유저가 조종하는 일은 있을 수 없으니 그건 미첼 본인이 맞을 거라고만 추측하고 있어. 나도 너도 마음 대로 움직이는 것처럼 미첼도 분명히 그럴 테니까. 문제는 이곳에 산재해 있는 몰탄이 아군이 아니라 적군에 가깝다는 사실이지. 가까이서 이야기를 나누거나 할 기회는 없었거든. 방어 아니면 죽음이었으니까."

"그 말은 미첼을 여러 번 만나봤다는 말이야?"

"아무래도 그럴 수밖에 없었어. 처음 미첼을 멀리서 마주했을 때는 본능적으로 피해야겠다는 생각이 들었고, 그 생각이 들자마자 미첼이 공격을 시작했으니. 앞뒤 가릴 겨를도 없었지. 그냥 아무 생각 없이 적이라 판단해 공격하려는 줄 알았지만, 시스템 경고가 그게 아니라는 걸 강하게 알려주고 있었어."

"그게 무슨 말이야?"

"그러니까 미첼은 우리와 같은 쪽이 아니라 완전 다른 쪽이 되어버렸다고. 악성 말이야."

"그 말은 미첼이 균열과 다를 바 없다고 보는 거야? 시스템에 완전히 종속되었다고?"

하긴, 이런 혼란 속에서 캐릭터가 몬스터화되는 건 일도 아니겠다 싶은 생각이 들었다. 잠시 잊고 있던 대장간지기 필론의 이미지가 떠올라, 나는 머리를 세차게 흔들었다.

"추측으론 그렇다는 거야. 어쩌다 몇몇 몹탄들을 마주했을 때도 다짜고짜 전투부터 걸었던 걸 보면, 뭐가 목적인지는 몰라도 우선 대화가 통하지 않는다는 사실만은 확실하니까."

그러니까 무슨 일이 있어도 미첼과 면 대 면으로 만나는 것만은 피해야 한다는 게 클루의 주장이었다. 나도 그 추론을 수긍할 수밖에 없었다. 이틀 전 있었던 기습을 생각하면 몸 어디선가 소름이 오소소 돋는 기분이 들었으니까. 게다가 미첼이 패치 직전의 모습 그대로 악성이 되었다면, 그 뒤로 3년이라는 시간이 지났고 모든 캐릭터가 조금씩 성장했다고 해도 미첼을 이길 수 있는 자는 아무도 없을 것이다. 샤할린의 랭커라고 해도 마법사의 기질을 그대로 가진 채 기이하게 변한 미첼과 싸워 이길 수 있을까? 게다가 미첼은 패치 직전 클래스 변경 시스템을 통해 흑마법사로 전향했다는 소문이 있었다. 마법에 대해서는 잘 모르지만, 어쨌든 일대일로 붙었을 때 무한정한 힐로도 깰 수 없는 장벽 같은 게 존재한다는 사실은 인지하고 있다. 아마 클루도 마찬가지일 테다.

바닥을 유심히 살피던 클루는 곧 걸음을 재촉했다. 나는 남은 짐들을 가방 안에 차곡차곡 정리해 넣은 후 클루를 따라나섰다. 클루를 만나기 전에 미쳴부터 만났다면 꼼짝없이 당했을까. 클루도 미쳴과 멀리서 마주했을 때 죽을 고비를 넘겼을까. 질문이 목 끝까지 차올랐지만, 머리가 아파오기 시작했으므로 나는 말을 목구멍 아래로 다시 삼켰다. 새삼 클루가 적이 아니라는 사실이 다행이라 느껴졌다. 각자도생해야만 하는 이곳에서 각개 생존과 더불어 캐릭터들 사이에 심각한 분열마저 일어난다니. 몰탄이 아직 살아 있다는 것과 별개로 미쳴을 불시에 마주칠지도 모른다는 사실이 내게는 제법 큰 공포였다. 내가 품고 있는 공포의 기운이 이따금 클루에게 전해지자 클루는 그럴 때마다 진정 물약을 건넸다.

샤할린 마을에서 벗어나 잠시 고민하던 클루와 나는, 어쨌든 미쳴의 기운이 남아 있지 않은 곳으로 걸어보기로 했다. 클루의 분석 스킬은 아주 쓸 만했다. 목적지 없이 이렇게 마구잡이로 결정을 내려 움직이는 행위가 좋은 건지 나쁜 건지 알 수 없었지만, 클루는 랜덤으로 무너지는 세상에서 살아남기 위해서는 우리 역시 랜덤으로 생각할 수밖에 없다는 그럴싸한 의견을 건넸다. 어쨌거나 몇 번의 고비를 넘기고 현재 이렇게 움직일 수 있는 것만으로 다행이었다.

지금까지 죽음에 대한 두려움을 느낀 적은 없었다. 전투에서 사망을 하더라도 파티원이 스킬을 사용하거나 물약을 쓰면 손실 없이 일어날 수 있었고, 파티원 없이 홀로 사냥을 하다가 그렇게 되는 경우에는 얼마 정도의 금액을 지불하면 티리스 마을 경계선 바로 안쪽에 자리한 '재생의 터'에서 살아날 수 있었기 때문이다. 지불할 돈이 충분하지 않아도 괜찮았다. 소지품 몇 개를 떨어뜨리거나 경험치를 조금 깎은 상태로 부활할 수 있었으니까 말이다. 물론 이런 경우는 저레벨 때나 자주 겪던 것이라 그 방법을 잊은 지 오래다. 게다가 어느 정도 레벨 이상이 된 이후로 버거운 전투는 거의 없었다. 상대방을 살려주는 역할을 더 많이 해야 했으므로 다인 전투에선 무적 상태를 지속해 주는 보호막을 주기적으로 생성하고 있었기에 재생의 터에서 일어나 본 기억도 오래되었다. 아무튼 영원한 죽음을 겪어본 적이 없기 때문에 죽는다는 것이나 사라진다는 것에 대한 슬픔, 두려움, 화 등의 감정은 내게 없었다.

　나에겐 유저와 떨어진다는 일 자체, 이곳에 영원히 접속할 수 없다는 일 자체가 두려움의 대상이 아니었을까 싶다. 하지만 이미 그 상태는 지났고, 어느 정도 적응하는 중이다. 그러면 이제 나는 무엇이 두려운 걸까.

　미첼의 발자국을 바라보며 생각했다. 굳이 따진다면 갑자기 사라진 몰탄들처럼 내가 알던 이 세계를 영원히 떠나 영영 삭제되어 버리는 것에 대한 공포가 있지 않을까. 워프를 사용할 수 없음을 알게 되었을 때의 좌절처럼, 이 세계를 완전히 잊어야 하거나 혹은 세계 자체가 없어져 버리는 일에 대한 두려움이 가장 큰 게 아닐까.

　남아 있는 몰탄족들이 훑고 간 곳을 다시 찾을 일은 당분간 없다는 판단이 들었으므로, 우리는 조금 여유롭게 여기저기를 살필 수 있었다. 샤할린 마을 바로 뒤편에는 작은 산이 있었다. 티리스 마을 근처의 숲에 대해 티리스 외에는 잘 알지 못하듯 나도 이곳이 처음이라 몹시 어색한 기분이 들었다. 온통 자줏빛 꽃들로 가득한 숲이라니. 이것도 이상 현상의 일종인지 물었지만 클루는 고개를 저었다.

"원래부터 여기에 있었던 것 같아. 우리 마을 근처에는 존재하지 않는 풍경이지만 뭐, 여긴 샤할린 구역 근처니까. 내가 여기 도착했을 때부터 쭈욱 저 모양인 걸 보면 버그 같지는 않아. 무엇보다 그런 것들을 마주할 때 특유의 기이한 느낌이 전혀 없지 않아?"

클루의 말을 듣고 보니 그런 것 같기도 했다. 티리스 마을 근처의 숲은 언제나 초록이 가득한 모습이기 때문에 그와 완전히 다른 형태의 생명체들이 군락을 이루고 있는 장소를 구경하는 일은 드물다. 이 세계에 태어나 몇 년을 달려왔건만 아직도 내가 모르는 곳이 여기저기 차고 넘친다는 사실은 좀 신기했다. 샤할린 마을 근처의 이 숲도 타 종족에게 금지된 곳이 아니었다면 진작에 다녀갔을 테니 내가 모를 리 없겠지. 그리고 만약 버그의 일종이었다면 나보다 클루가 먼저 알아챘을 것이다.

작은 고사리 모양의 보라색 이파리들이 발등을 간질였다. 그 이상하고 오묘한 기분에 잠시 매료되어 스멀스멀 움직이는 무해한 식물들을 넋을 놓고 바라보았다. 갑자기 소환되어 숨 놓을 틈 없이 달려온 순간들이 떠오른다. 떠돌아다니게 되었고, 그 난리 속에서 세계 곳곳에 생긴 불특정의 구멍과 균열을 조심하며 지내는 신세지만 그래도 예전에 볼 수 없던 이런 아름다운 광경을 경험할 수 있는 건 좋은 일이겠지.

시시각각 변화하는 이곳에 안전지대란 것이 있을까? 우리가 지금 서 있는 이곳은 안전한 곳이 맞을까? 균열이 계속 일어나고 예정된 멸망의 날이 가까워져 온다면 이렇게 발을 딛고 설 공간조차 잃어버리게 되진 않을까? 발밑에서 꼬물거리는 작은 식물들을 보며 생각했다. 그러다 반대쪽 풀숲을 뒤지면서 영약 줄기 같은 것을 끌어올리는 클루를 바라보며 반짝이는 보랏빛 식물들 사이로 무심코 손을 뻗었다. 동시에 등 뒤에서 낯설고 다급한 목소리가 들렸다.

"안 돼, 멈춰!"

순간 나는 뻗던 손을 멈췄다. 동시에 이상한 기분이 들었다. 지금까지 들어본 적 없는 목소리였다. 클루나나의 것처럼 시스템으로 걸러지는 목소리가 아닌 뭔가 기묘한, 그러니까 이 세계에서 난생처음 듣는 것만 같은 목소리였다. 안착되지 못하고 겉도는 이질감 비슷한 게 느껴진다고 해야 할까.

옆에 있던 클루는 나무줄기를 내팽개쳐 두고 재빨리 전투 모드에 들어갔다. 나도 소리가 난 쪽을 돌아보며 전투 모드를 발동했다. 클루가 움직인 쪽으로 몸을 돌려 혹시 모를 전투에 대비해 광역 힐을 장전하려던 그 순간, 거대 전투 도끼를 들고 있는 덩치 큰 샤할린과 눈이 마주쳤다.

나를 부른 게 저자인가? 저쪽에서 전투의 낌새는 보이지 않았기에 급히 힐 발동을 취소했지만, 이미 클루의 날카로운 단검 두 자루가 샤할린의 목 바로 앞까지 닿아 있는 상태였다.

다른 보호막을 장전한 나는 당황한 기색을 보이며 벌벌 떨고 있는 샤할린의 머리 위에 붙은 이름을 읽었다. 안리. 갑작스러운 방어와 공격에 반응하는 걸 보니 NPC는 아닌 듯했다. 그렇다면 클루가 말한, 우리와 비슷한 상황의 캐릭터인가?

"자, 잠깐……. 난 싸울 생각이 없어……!"

여전히 이상한 비음이 섞인 듯한 목소리다. 부들부들 떨고 있던 샤할린은 클루와 나를 번갈아 바라보다가 들고 있던 전투 도끼를 바닥에 떨어트렸다. 그와 동시에 양손을 살짝 들어 항복하는 듯한 몸짓을 취했다. 하지만 저 행동을 그렇게 받아들이는 건 나뿐인 것 같았다. 여전히 이빨을 드러낸 클루는 곧 물어뜯기라도 할 기세의 표정을 보이며, 칼을 거두지 않고 있었다.

"살, 살려줘!"

칼날을 더 가까이 대는 듯한 클루의 모습에 '안리' 라는 이름을 단 샤할린은 엉엉 울다시피 소리를 지르 기 시작했다. 그 빽빽거리는 모습이 꼴사나웠지만, 여 기서 저렇게 큰 소리를 내도 될까 걱정스러운 마음이 바로 들었다. 내 걱정을 직감한 듯 클루는 손에서 힘을 약간 풀었다. 그제야 숨을 몰아 내쉰 안리는 다리에 힘 이 풀렸는지 그대로 주저앉았다.

"나…… 나는 그냥 그걸 건들면 안 된다는 걸 알려 주려고……. 다른 뜻은 없었어."

"우리를 미행이라도 했나? 너 같은 놈은 처음 보는 데, 어디서 숨어 지냈지?"

클루는 바닥에 붙어 있다시피 한 안리를 취조하듯 몰아세우는 동시에 안리의 소지품 창을 낚아채서 안 의 내용물을 모조리 바닥에 떨어트렸다. 물약, 초콜릿 바, 몇 개의 책과 퀘스트용 편지들, 지도 등 별 이렇다 할 만한 아이템은 없었다. 클루는 장막 해제 스킬을 여 러 번 사용했지만 안리에게 닿지 않는 걸 보니 비무장 상태는 확실해 보였다.

나는 전투 모드를 풀고 스킬 발동을 모두 해제한 후 안리를 꼼꼼하게 살폈다. 벌벌 떨면서도 나와 클루를 예의 주시하는 안리는 그 행색 자체로 많은 걸 보여주고 있었다. 이 세계에 들어온 지 얼마 되지 않았거나 혹은 아주 오랜 시간 봉인되어 있었던 듯한 옷차림이었다. 방어구와 옷가지는 모두 기본 아이템이었고, 그가 떨군 전투 도끼마저 업그레이드를 전혀 하지 않은 순정 상태의 그것이었다. 레벨은 말해 뭐 하나 싶을 정도로 낮았다. 클루라면 가벼운 일격에 골로 보내버리고도 남을 정도였다.

"그…… 그런데 어떻게 접속해 있는 거야? 너희는 어떻게 같이 다니는 거야? 혹시 나랑 같은 프로그램을 쓰나?"

안리는 자리에 주저앉은 채 끊임없이 혼잣말을 하고 있었다. 좀 전의 공포는 아예 사라져 버린 듯했고, 지금은 호기심에 가득 찬 표정만 남아 있었다. 하지만 나는 안리가 무슨 말을 하는지 전혀 알 수 없었다. 안리의 말에 의문이 드는 건 클루도 마찬가지인 것 같았다.

"뭐?"

잔뜩 찡그린 얼굴로 클루가 안리를 쏘아봤다. 클루를 처음 만났을 때, 나도 경험한 적이 있는 표정이다. 하지만 안리는 아랑곳하지 않고 자리에 앉아 뭔가를 생각하는 듯 보였다.

"이게 또 뚫리는 사람이 있다니 신기한데? 너 메신저 써? 아님 디스코드?"

갑자기 자리에서 일어난 안리가 눈을 번득이며 내 쪽으로 성큼성큼 다가왔다. 나는 순간 주춤했고, 그와 동시에 클루는 들고 있던 단검 중 하나를 안리의 팔 쪽으로 냅다 던졌다. 클루의 단검이 안리의 팔등을 스치며 떨어졌다. 안리의 팔에서 흘러내린 핏방울이 바닥에 군데군데 얼룩을 만들었다. 안리에게 분명 상태 이상 중 하나인 출혈의 기호가 보였지만, 안리는 비명을 지르지도 다시 주저앉지도 않았다. 그는 그저 자신의 상처와 바닥에 떨어진 단검, 그리고 그 주변에 흩뿌려진 핏자국을 물끄러미 바라보았다.

분명 데미지가 들어갔는데, 이게 무슨 일이지? 나는 재빨리 클루와 눈을 맞췄다. 클루는 어째서인지 전투 모드를 발동시키지 않았다. 적잖이 당황한 기색이었지만 애써 침착하려 하는 걸까? 하지만 그건 이쪽도 마찬가지다. 클루는 계속해서 바닥을 내려다보고 있는 안리를 향해 조심스럽게 물었다.

"너…… 뭐야? 무적이야? 아닌데. 데미지가 이렇게 들어가는데 아무렇지도 않다고?"

클루는 눈을 동그랗게 뜬 채 안리의 대답을 기다렸

다. 당황한 건 안리도 마찬가지인 것 같았다. 힐을 넣어볼지 말지 고민이 되었다. 계속 흐르는 핏방울을 보기 싫은 탓도 있었지만 싸울 생각이 전혀 없다는 안리의 말은 진실인 것 같았으니까.

"어…… 그러니까, 너희는 이게 느껴져? 그럴 리가 없는데. 아니면, 무슨 역할극 같은 거야? 같은 길드원은 아닌 것 같고, 너희 둘 다 무슨 학교 동창, 동아리 뭐 그런 거야?"

안리가 하는 말이 무슨 뜻인지 여전히 알아들을 수 없었다. 클루는 단검을 회수할 생각을 하지 못한 채 그 자리에 굳어버린 듯했다. 이상한 질문에 답을 할 수도 없고, 또 그냥 서 있자니 어색해서 뭔가 말을 해야 할 것 같은 분위기였는데 쉽게 입이 떨어지지 않았다.

"뭔 개소리야. 무슨 말을 하는 거야?"

잠시 넋이 나간 듯하던 클루는 본모습을 찾았는지 으르렁거리며 왼손에 남아 있는 단검을 안리 쪽으로 겨누었다. 안리는 다시 좀 전처럼 손을 번쩍 들며 싸울 의도가 없음을 보여줬다.

"아니, 그러니까, 음, 너희들 말이야, 너희도 빈틈을 이용해 여기 접속한 거 아니야? 아이디 umj0503과 pek0401. 검색해 보니 유저 게시판에 글을 남긴 기록은 없는데."

안리는 이름이 아닌 아이디를 불렀고, 클루와 나는 서로를 번갈아 바라봤다. 머리 위에 이름이 버젓이 있는데 저런 식으로 누군가를 부르는 건…… 시스템 혹은 유저 둘 중 하나였다. 설마, 저게 실제 유저라고? 나는 클루도 나와 같은 생각을 하고 있는지 궁금했다. 안리의 말이 끝나자마자 클루의 표정은 완전히 굳어 버렸다. 생각 회로에 이상이 생긴 게 아닐까 싶을 정도로, 클루는 아무 말도 못 하고 안리를 뚫어져라 바라보고만 있었다. 왜 저러나 싶었는데, 어쩌면 안리를 발끝부터 머리끝까지 훑어가며 무슨 말을 하는 건지 알아보려는 의도일 수도 있겠다는 생각이 들었다.

불편한 침묵이 흘렀다. 안리 또한 무언가를 찾는 중인지 아니면 생각하는 중인지는 알 수 없었으나, 미동도 하지 않은 채로 서 있었다. 안리와의 대화가 클루와 나누는 대화와 다르게 이질적으로 느껴진 것도 그런 이유에서일까. 만일 안리가 유저라면, 정말로 바깥 세계에서 이쪽으로 어떤 수를 써서 접속한 거라면 U에 대해 알 수 있지 않을까. 혹은 U를 나에게 소환해 줄 수 있지 않을까. 그런 생각을 하니 마음 한편이 심하게 두근거렸다. 실제로 이렇게 접속한 사람이 있다면, 나의 주인인 U 또한 하지 못할 이유가 없다.

"우와아아아아아아. 어떻게 이럴 수가 있지?! 우와
아아아아!"

복잡한 심경과 기이한 감정을 돌연 사라지게 만든
건 안리의 흥분된 목소리였다. 갑자기 자리에서 펄쩍
뛰며 과한 제스처를 보이는 안리의 모습에 당황한 나
는 발을 헛디뎠다. 그 자리에 풀썩 주저앉은 나를 보
며 클루는 미간을 찌푸렸다. 안리는 그런 우리에게 아
랑곳하지 않고, 마치 신세계라도 발견한 듯 이리 뛰고
저리 뛰고를 반복하고 있었다. 샤할린에게 종속되어
있는, 샤할린 특유의 몸짓과 고함이 여기저기에 흩뿌
려졌다.

"네 말은 그럼…… 너는 캐릭터도 NPC도 아닌 유저
라고? 네가 네 캐릭터를 온전히 조종하고 있다는 말이
야, 지금?"

흥분 상태로 여기저기 날뛰던 안리는, 클루의 물음
에 격하게 고개를 끄덕였다.

"와, 이건 진짜 신기한데. 서버 속의 캐릭터들이 이
렇게 막, 유저 없이도 돌아다니고, 심지어 날 공격도
하다니! 이건 진짜 쩌는데!"

아무래도 안리는 쉽게 진정되지 않을 것 같았다. 나

는 클루에게 눈짓을 보냈고, 클루는 빠르게 움직여 안리를 무력으로 제압했다. 순간 목이 졸린 안리는 켈룩거리며 바닥에 엎어졌다. 클루는 가방에서 제압 도구를 꺼내 안리의 두 팔을 단단하게 묶었다. 그제야 안리는 꽥꽥거리며 발을 구르는 걸 멈추고 흥분을 가라앉혔다.

"조용히 좀 해. 네가 언제부터 여기서 생활해 왔는지 모르지만, 여긴 곳곳이 위험 천지라고. 남아 있는 모든 캐릭터가 우리만큼 호락호락하진 않을 거거든."

클루의 차분한 말에 안리는 헤에, 하며 혼자 중얼중얼거렸다. 완전히 우리에게 와닿지 못하는 바깥 세계의 것이라 그런가, 무슨 말인지 분명히 알 수는 없었다. 아무튼 안리, 아이디 'rhlimss'의 유저는 여전히 꽤 고양된 기색이 역력했다.

"그런데 너희들, 며칠 뒤면 아예 여기가 증발해 버린다는 건 알고 있지?"

두 팔이 묶인 안리가 갑자기 속삭이듯 목소리를 낮췄다. 둔둔한 몸집이 엉덩방아를 찧듯 앉아 있으니 짠하기도 했지만, 아프거나 답답한 기색이 전혀 없어 보여 은근히 부아가 치밀었다. 클루는 무릎을 꿇다시피 앉아 있는 안리의 등짝을 발로 차며 성을 냈다.

"우리가 너 같은 머저리일 것 같냐? 버그로 범벅된 세상에 잠시 편승한 주제에, 입만 나불나불 잘도 주절 대네."

클루의 발길질이 두어 번 이어졌고, 클루의 신발과 안리의 철갑이 부딪혀 깡— 하는 경쾌한 소음이 들렸다. 하지만 안리는 아랑곳하지 않고 싱글벙글한 표정이었다. 나는 조용히 그의 얼굴을 마주하고 앉아 안리에게 물었다.

"너는 언제부터 여기 있던 거야? 아니, 어떻게 여기에 들어온 거야?"

"두 시간 전? 세 시간 조금 안 되었나?"

"뭐야, 오래 있었던 게 아니었어?"

클루는 얼굴을 또 빡 찌푸리며 안리의 머리통을 두 들겼다.

"애초에 그럴 수가 없는걸. 여기 서버를 뚫고 들어오는 것만도 한 세월이 걸렸다고. 그러니까 너희도 버그의 일종이잖아."

"나는 너보다 훨씬 오래 이곳에 있었어, 이 쪼렙아."

안리는 발로 몸통 여기저기를 툭툭 건드리는 클루를 노려봤지만, 딱히 반박할 수 있는 말은 아니었다. 안리는 겉으로도 드러나듯 거의 없는 거나 마찬가지인 기본 아이템만을 장착하고 있었고, 레벨도 높지 않아 제대로 습득한 샤할린의 기술 또한 없었다. 이를테면 클루의 제압 밧줄 정도는 어느 정도 레벨 이상의 샤할린이라면 끊어버릴 수 있다. 그런데 그 방법 자체를 모른다는 건, 이 세계와 자신의 종족이 지닌 특수 능력에 대한 이해도가 현저히 떨어진다는 소리나 마찬가지다.

하지만 어차피 서버가 완전히 닫히기까지 얼마 남지 않았고, 미첼이 버젓이 돌아다니는 와중에 그런 건 아무래도 쓸모없겠지. 기껏해야 클루와 나처럼 이렇게 꾸역꾸역 생존하는 정도의 장점이 있을 뿐이다. 안리는 두 손이 묶인 상태에서도 "우와" "대박적" "레전드"라는 감탄사를 내뱉고 있었다. 계속 피를 흘리는 안리의 팔을 향해 광역 힐을 넣을 때는 거의 기절할 정도로 좋아했다. 그 모습을 보고 있자니 좀 기분이 나빴지만 특별히 내색하진 않았다.

"네가 들어온 방법을 따라 한다면 다른 유저들도 충분히 접속할 수 있겠네?"

넋을 잃은 채로 힐링 곡선을 바라보는 안리의 모습을 보며 나는 조심스레 질문했다. 어쩌면 안리가 U와 나를 이어줄 유일한 방법이지 않을까. 그렇다면 안리의 등장은 거의 운명적인 게 아닐까.

하지만 내 질문을 듣자마자 갑자기 자세를 고치고 앉은 안리는 단호하게 고개를 저었다.

"아니, 그럴 수는 없어. 사실 이미 셔터 내린 프로그램에 접속한다는 것 자체가 불법이고, 또 이 해킹 프로그램 자체를 내가 만들었기에 우리 집 말고 다른 곳에선 사용될 수 없을 거고⋯⋯."

"그렇다는 건, 개발진을 제외하면 네가 여기 접속한 유일한 유저란 말이지?"

"개발진도 뚫을 수 없을걸. 아니, 애초에 누가 여기 신경이나 쓸까 싶네. 이미 서버 폐쇄 진행 중인 망겜인데."

안리는 말을 마치자마자 실수했다는 듯 입을 막는 시늉을 했다. 틀린 말은 아니다. 재빨리 클루의 눈치를 살폈지만 클루는 아무 말도 하지 않고 우리의 대화를 듣고만 있었다. 망겜. 뭐 맞는 말이지. 우리가 버그의 일종이라는 것도 맞는 말이다. 나야 일말의 가능성을 놓지 않고 있지만, 나보다 훨씬 오랜 시간 이곳에서 살아남아야 했던 클루는 유저에 대한 기대 자체가 없을 게 분명했다. 그가 지금까지 자신의 연결고리에 대한 이야기를 한 번도 하지 않은 걸 보면 말이다.

"그래서, 네 계획은 뭔데."

"계…… 계획이랄 게 있나. 그냥 닫힌 서버 너머의 데이터가 궁금했고 이리저리 많은 망겜들을 뒤져봤지만 이쪽의 관리가 허술한 건지 기술이 별로인 건지 뚫렸을 뿐이고……."

그러다 안리는 무언가 생각났다는 듯, 다시 발을 굴렀다.

"그래! 내가 세상에 너희를 알리는 거지!"

"뭐?"

"어차피 이 게임이 사라지면 너희들도 사라지는 거잖아! 너희가 그렇게 되는 걸 막을 방법이 나한테 있다고!"

눈을 가늘게 뜨고 안리가 또 무슨 신박한 헛소리를 해댈까 지켜보던 클루는 이놈의 어디를 발로 차줄까 고민하는 눈빛이었다. 안리 또한 클루의 그런 낌새를 눈치챘는지 재빨리 자신의 생각을 우다다다 쏟아놓기 시작했다.

"방송, 방송을 하면 돼. 기다려봐. 게임 밖으로 나가면 언제 또 들어올지 모르니까 핸드폰 같은 걸 이용해서……."

버그 범벅인 게임 속에서 캐릭터들이 자기 의지를 가지고 돌아다니고 있다는 사실을 이 세계 밖으로 알

140

리면 분명 그에 반응하는 사람들이 있을 것이고, 그러면 서버의 완전 폐쇄화도 늦어질지 모른다는 게 안리의 의견이었다. 오히려 기억 속에서 완전히 잊힐 이 게임의 주인공이 우리가 될 수도 있으며, 우리의 존재는 모든 걸 바꿔놓을 수 있다고 안리는 침을 튀기며 설명했다. 그 모든 것들에 썩 매력을 느끼지 못했지만, 그중에서 딱 하나, 게임을 떠난 유저들이 다시 돌아올 수도 있다는 말만은 솔깃했다. 정말 안리의 방송에 효용이 있다면 U도 돌아올까. 그러면 나와 다시 합을 맞출 수 있을까.

안리가 이 세계 밖에서 얼마나 인기가 있는지, 안리의 말을 사람들이 얼마나 믿어줄지 모르겠지만 가능성이 있는 말이었다.

"듣고 보니 아주 틀린 말은 아니야. 몇 년 전에 U가 게임 방송을 해볼까 하는 생각을 길드원들에게 이야기하기도 했어. 여기 어디 기록에 있을 텐데⋯⋯."

나는 대화창의 히스토리를 뒤지며 말했다. 어차피 없어진다면 거면 뭐라도 해보는 게 좋지 않을까 싶은 생각이 들었다. 어차피 밑져야 본전이다. 어쩌면 안리가 나의 U를 연결해 줄 마지막 기회일 수도 있을 테다.

하지만 클루의 생각은 달랐다. 클루는 안리를 향해

위협적인 표정을 지으며 반문했다.

"여기는 그렇게 네 생각대로 한가하게 지낼 수 있는 곳이 아니야. 그쪽 세상은 나에겐 아무런 상관도 없어. 돌파구를 찾지 못하면 미첼처럼 되어버린다고. 그래서 계속해서 움직여야 해. 조금도 쉴 틈 없이 달리는 심정을 너 따위가 알겠냐고."

클루는 다시 깡ㅡ 소리가 크게 나도록 안리의 등짝과 머리 위의 철 투구를 두드리며 자리에서 일어났다.

"헛소리를 들어주느라 시간을 너무 많이 허비했어. 이렇게 오래 한자리에 있으려던 게 아닌데. 이 자식 때문에 여기 균열이 일어날지도 몰라. 어서 이동해야 해."

클루는 바닥에 떨어져 있는 영약 줄기를 재빨리 모아 주머니에 넣고는, 안리와 나를 등지고 성큼성큼 앞으로 걸어갔다.

"자, 잠깐! 내가 어떻게든 할 테니까 제발 이것만 풀어주고 가! 아니면 날 데려가, 데려가라고!"

들판의 곰처럼 울부짖는 목소리가 귓가를 자극했다. 반사적으로 눈이 질끈 감길 정도로 시끄러웠다. 저대로 놔두고 갔다간 무슨 일이 나겠다 싶어, 나는 클루를 잡아 세웠다.

"놔둬. 저대로 죽든 말든. 우리랑 상관없잖아."

신경질적으로 내 손길을 뿌리치는 클루에게 나는 나지막이 말했다.

"그럼 줄을 풀지 않은 상태로라도 데리고 다니자. 혹시 모르잖아. 미첼과 전투라도 하게 된다면 탱커로 사용할 수 있으니. 네 말대로 쟤는 죽으나 사나 어차피 여기 속한 자가 아니니까."

'탱커'라는 말에 클루가 흠칫 반응했다. 사실 클루 말대로 두고 가든 어떻게 하든 상관할 바는 아니었지만, 나는 혹시 모를 가능성을 놓고 싶지 않았다. 이 세계의 붕괴가 늦춰지고 U가 한 번쯤은 접속을 해주지 않을까 하는 상상, 안리 말대로 우리가 화제되어 이곳이 사라지지 않고 영구적으로 남아 있는 상상, 그 속에서 U와 다시 예전처럼 행복하게 탐험을 다니고 사냥을 하고 길드원들과 어울리는 상상, 모든 것들이 예전처럼 돌아가는 상상이 현실이 될 가능성을 말이다.

클루가 내 마음을 읽는다면 분명 미련하다고 하겠지. 그래도 상관없다. 나는 끈질기게 클루를 설득했고, 클루의 구미가 당길 만한 것들을 제안했다. 안리를 대상으로 침묵 스킬을 시전해도 좋으니 데리고만 다니자고. 유사시에 그냥 균열의 더미로 던지거나 미첼의 미끼로 사용하면 우리의 안전 반경을 조금이라도 더 늘릴 수 있지 않느냐는 말에, 결국 클루는 동의했다.

클루와 내가 앞장섰고 안리는 두 팔이 묶인 채로 조금 뒤에서 우리를 따라오기 시작했다. 이건 세기의 발견이라느니, 모두가 추앙할 만한 캐릭터의 탄생이라느니 실없는 이야기를 지속하던 안리는 때때로 잠잠해졌다. 그럴 때마다 나는 혹시 안리가 이곳에서 사라져 버린 건 아닐까, 붙들고 있던 서버로의 접속을 해제해 버린 건 아닐까 싶어 불안한 눈빛으로 그를 훑었다. 안리는 무언가를 계속 시도하는 것 같았지만 번번이 실패를 거듭하는 듯 한숨 섞인 혼잣말을 흘렸다. 클루는 그런 안리를 이따금씩 뒤돌아보았지만 크게 신경 쓰지 않는 것 같았다.

길잡이는 클루가 하고 있었으므로 나는 우리가 어디를 향해 걷는지 전혀 파악할 수 없었다. 샤할린의 마을과 샤할린 구역 주변에서는 이미 멀어졌다. 투기장 근처의 황무지를 약간 비켜 폭포와 우물이 널려 있는 습지대에 들어설 때까지 안리는 시끄럽게 굴지도 도망가려고도 않고 얌전히 우리를 따라왔다. 클루는 미첼의 자취에서 가능한 한 먼 곳으로, 거기에 더해 균열이 일어나지 않은 곳을 찾아 걷고 있다고 했지만 그보다 먼저 무언가를 찾고 있는 듯 싶었다. 클루가 어렴풋이 말한 돌파구란 무엇일까. 그건 이 세계가 완전히 까마득한 어둠 속으로 떨어지기를 기다리며 그저 생존해 있는 것과 다른 의미일까. 혹시 클루는 여기서 벗어나는 길을 알고 있을까.

몇 시간 정도 안리를 끌고 다녔을까. 클루는 짧은 휴식을 취해야겠다며 돌연 가던 길을 멈췄다. 생소한 풍경에 맵을 살피니 '세정의 구역' 한가운데였다. 이곳에 대한 기억은 전혀 없다. 그렇다는 건 다른 종족의 도시이거나 주거지일 확률이 높았다.

"맞아, 여긴 몇 주 전까지만 해도 크리타 구역이었어."

내가 이곳에 대해 묻자 클루는 고개를 끄덕이며 답했다.

"뭐, 이 정도 수준으로 망가지기 훨씬 전에는 볼만했지만. 어쨌든 미첼의 냄새가 나지 않으니 여기서 잠시만 쉬어가야겠어."

발이 푹푹 빠지는 진흙 위에 클루는 능숙하게 텐트를 설치했다. 그 모습을 바라보는 안리는 잠시 동안 말이 없었다. 밖에서 뭔가를 하거나, 아니면 이 모든 광경에 감탄하고 있거나 둘 중 하나겠지. 나는 말없이 클루를 도와 간이 텐트를 설치하면서도, 안리가 이 위태

한 하루에 무언가 굵직한 한 방을 가져오길 바라고 있었다. 미첼에게 당해 삭제되는 것보단 바깥 세계, 그러니까 U와의 연결을 조금이라도 시도해 보는 게 좋지 않을까.

안리가 잠자코 있을 때는 안리의 눈치를 살폈다. 이 세계에서 나갈 수는 없어도 다른 기기로 무언가를 해 본다고 했으니, 그 다른 '무언가'가 성공한다면 안리는 분명 제일 먼저 우리에게 알릴 테지. 안리의 성공은 결국 유저의 접속, 혹은 유저와의 소통으로 연결되고 완결 지어질 게 분명했으니 나는 기대를 버릴 수 없었다.

장작에 불을 붙이고 자리에 눕는 클루와 가만히 앉은 채 입을 꾹 닫고 있는 안리를 번갈아 주시했다. 안리의 '며칠 뒤'라는 건 정확히 언제지? 클루는 데드라인을 알고 있는 듯했지만 지금까지 내게 그때에 대해 제대로 말한 적은 없다. 이틀 뒤, 사흘 뒤라고 해도 몇 시 몇 분 몇 초에 서버를 완전히 삭제하느냐에 따라 생존 여부가 갈린다. 둘은 그걸 알고 있는 걸까? 아니, 적어도 안리는 정확히 알지 않을까.

나는 선잠에 들어간 클루를 살피며 널브러진 보릿 자루처럼 구겨져 있는 안리 옆에 조용히 앉았다. 클루 모르게 안리에게 궁금한 것들을 물어보는 건 불가능할 테지만 그래도 시도는 해보고 싶었다. 솔직히 말하자면, 그래, 나는 아직 U가 그립다. U와의 시간을 다시 돌이킬 수만 있다면 앞으로 남은 시간을 다 준다고 해도 상관없다. 클루는 이런 나를 놀릴 게 뻔하지만, 그게 사실인 걸 어쩌겠는가.

침묵을 지키고 있는 안리를 조용히 흔들자 안리가 바로 반응했다.

"시도해 보고 있어?"

"어……. 그런데 말처럼 쉽지 않네. 우선 너희 이야기를 여기저기 게시판에 남겼어. 아직 별다른 반응은 없고."

은신 장막 때문에 그런지 아니면 이곳이 습지 한가운데라 그런지 안리의 목소리가 갈라지고 깨지는 느낌이다. 내게도 익숙하지 않은 크리타의 마을이라 그런 걸까. 나는 다시 안리에게 질문했다.

"거기에 내 정보도 기입했지? 발렌타인, umj0503. 이름이랑 아이디를 본다면 단번에 알아차릴 수밖에 없어. 적어둔 거 맞지?"

안리는 고개를 끄덕였다. 아니, 끄덕인 게 확실할까? 장작불 때문인지 어떤 이유 때문인지 잘 모르겠지만, 안리의 몸짓이 약간 어색하게 느껴졌다. 줄을 살짝 풀어줄까 고민했지만 그랬다간 클루에게 영원히 손절당할 것 같았다. 대신에 나는 안리를 자세히 관찰했다.

안리의 표정과 몸짓은 확실히 좀 이상했다. 고개를 갸웃거리는 것 같기도 하고, 꾸벅 조는 것 같기도 한 상태였다. 안리의 몸을 쿡 찔러봤지만 반응이 없었다. 설마 잠든 건가? 유저가 잠이 들 수도 있나? 다시 안리의 몸에 손을 올려봤다. 그 순간, 섬찟한 기분이 온몸에 퍼졌다.

〔 로그아웃되었습니다. 로그인 재시도. 〕

시끄러운 경고 메시지와 함께, 안리의 몸이 힘을 잃고 쓰러졌다. 그 반동에 클루가 자리에서 벌떡 일어났다. 클루는 이미 전투태세를 갖추고 있었다. 내게 무슨 일이냐 묻는 표정이었지만 당황한 건 이쪽도 마찬가지였다.

"어……?"

안리의 몸이 땅에 닿았다. 두 손은 끈으로 여전히 묶인 채였다. 클루는 급하게 안리를 흔들었지만 역시 반응이 없었다.

〔 로그인 재시도. 〕

순간, 우리의 머리 위로 경고 문구가 다시 올라왔다. 로그인 재시도라니, 안리가 스스로 시도하고 있다는 건가? 아니, 애초에 이런 메시지가 캐릭터 선택 창이 아닌 여기서 보일 수 있는 걸까?

그렇다면 혹시…… 안리가 진짜로 성공한 걸까? 그런 생각을 하자 가슴이 걷잡을 수 없이 두근거렸다. 클루는 안리를 발로 차기도 하고 단검으로 여기저기 조금씩 흠집을 내보기도 했지만 아무런 반응이 없었다.

"이게 뭐 – ㅓ ㄴ – ."

갑자기 눈앞이 까매졌다. 클루의 목소리가 깨진다. 클루를 찾아 손을 허우적거렸다. 손에 아무것도 잡히지 않는다.

〔 로그아웃되었습니다. 로그인 재시도. 〕

시끄러운 경고음이 머리 위에서 윙윙거린다. 애써 호흡을 진정시키며 반복해서 나타나는 로그인 문구에 희망을 걸어본다. 그래, 안리는 성공한 게 맞을 거야. 그러지 않고서야 이 메시지가 나올 리 없어.

나는 허우적거리던 손놀림을 중지했다. 그러자 내 몸이 공중에 부양하듯 둥실 떠올랐다. 아, 이 느낌을 안다. 나를 스스로 컨트롤할 수 없을 때 느껴지는 이 기분. 그걸 실행할 수 있는 단 하나의 사람, U다. U가 분명하다. 안리가 해냈어.

"이ㅡ안도ㅡ."

클루의 갈라지는 목소리가 여기저기 울린다. 클루의 유저도 접속을 시도하는 걸까? 뭐가 되었든 우리는 아마 여기까지일 거다. 클루에게 고맙다는 말이라도 할 수 있으면 좋을 테지만, 지금 내게 중요한 건 그게 아니다.

이제 곧 U를 만날 수 있다. U와 다시 호흡을 맞출 수 있다. 이대로 조금만 더, 조금만 조금만 더…….

〔 발렌타인, 로그아웃되었습니다. 〕
〔 발렌타인, 유저 로그인 중. 〕
〔 발렌타인, 로그인 완료. 〕

*

며칠 전부터 인터넷의 온라인 게임 커뮤니티를 들

150

끓게 하는 게시글이 있었다. 익명 게시판에 쓰인 그 글은 이미 서비스 종료가 되어 서버 리셋만을 기다리고 있는 게임 '도티스-언더'에 관한 내용이었다.

'이곳에서 이상한 일이 벌어지고 있어요!!!' 글의 제목은 사람들의 구미를 당기기에 충분했다. 몇 개월간 내리 이어진 악재를 견디다 못해 서버 종료를 선언하고 사람들에게 완전히 잊힐 준비를 하는 게임에 대한 글이 큰 주목을 받지는 못했지만, 그래도 무슨 일인지 기웃거리게 만들 정도의 관심은 끌었다. 사람들은 호기심에 글을 클릭했고, 그곳에 쓰인 믿을 수 없는 이야기로 인해 설왕설래가 벌어졌다.

게임 속의 캐릭터들과 마치 친구처럼 플레이를 하고 있다는 글쓴이의 말이 신박하다고 생각하면서도, 그 이야기를 곧이곧대로 믿는 사람들은 아무도 없었다. 대다수의 사람들은 망한 '도티스-언더'의 개발진이 소위 마지막 발악이라도 하고자 이상 현상, 심령 현상 뭐 그런 것들로 포장한 글이라 생각했다. 댓글로 설전이 벌어지는 와중에 글쓴이 본인이 등판해 왜 사람 말을 믿지 않냐, 답답하다며 심정을 토로했지만, 영상도 없이 몇 개의 조악한 핸드폰 사진과 픽셀이 깨진 스크린샷으로 그 주장을 뒷받침하기에는 역부족이었다. 결국 그 글은 개발진이 마지막 어그로를 끄는 것이나 아니면 단순한 장난이냐 하는 의미 없는 논쟁이 오가다가 곧 잊혔다. 더 이상 구설수에 오르기 싫어서였는지 아니면 '주작' 논쟁 때문이었는지 정확히 알 수는 없지만 '도티스-언더'의 개발사인 아리안소프트는 지금까지 간헐적으로 접속할 수 있었던 비공개 서버를 완전히 닫아버렸고, 개발사의 게임 다운로드 목록에서 '도티스-언더'라는 이름을 지웠다.

익명의 글쓴이는 자신의 캐릭터 이름과 하는 일, 게임 경력 등 딱히 누구도 신경 쓰지 않을 만한 정보를 풀어가며 자신의 말을 믿어달라고, 이건 게임 역사상 전례 없는 발견이자 엄청난 일이라며 마지막으로 호소했지만, 그의 글에는 더 이상 새로운 댓글이 달리지 않았다.

그 무렵 새로운 게임에 적응해 전에 그랬던 것처럼 열과 성을 다해 한창 플레이를 하고 있던 민지는 이제 망겜이 되어버린 '도티스-언더' 내에서 이상 현상이 벌어지고 있다는 주장에 대한 소문을 어렴풋이 알게 되지만, 그저 그뿐이었다. 민지의 눈앞에는 전과 전혀 다른 종족과 외모로 꾸며진 새로운 '발렌타인'이 있을 뿐이었다. 이따금 길고 하늘거리는 로브를 바꿔 입으며 팀원들을 향해 힐을 시전하던 자신의 발렌타인을 떠올렸지만, 그것도 잠시였고 곧 민지는 지난 6년간 운용해 왔던 티리스의 발렌타인을 기억 속에서 완전히 지워버린다. 그를 다시 떠올리고 추억하기엔 민지가 새로 시작한 게임은 아주 재밌었고, 이 게임이야말로 영원히 '망하지' 않을 거라는 확신이 있었기 때문이다.

*

익숙한 어둠이다. 머리부터 발끝까지 길고 가느다란 통으로 빨려 들어가는 이 느낌은 나쁘지 않다. 아니, 나쁠 리가 있을까. 나는 이 느낌을 정확히 기억한다. 몸에 난 솜털이 모조리 솟는 느낌. 기분 나쁘면서도 묘한 쾌감이 전해지는 기분. 쉬고 있는 나를, 이 세계에 멈춰 있는 나를 U가 꺼내고 연결하러 올 때마다 내 온몸으로 전달되는 오묘하고 기이한 감정.

U다. 이건 분명히 U가 맞아.

그러니까 조금만 더, 조금만 더 버티자.

이제 곧, U를 만날 수 있어.

5

정신이 나갈 것 같은 시끄러운 파열음이 연달아 울렸다. 거의 동시에 사라져 버린 셋 중 가장 먼저 눈을 뜬 건 클루였다. 무방비 상태가 되어 누운 채로, 클루는 눈을 깜박였다.

'아무것도 보이지 않아. 내 눈이 멀기라도 한 건가?'

하지만 적어도 살아 있는 건 확실해 보였다. 아직까지 정상적으로 인식 체계가 반응한다는 건 그 무엇으로도 변하지 않았다는 말이다. 눈앞이 완전한 암흑이라 아무것도 분간이 되지 않지만, 적어도 온몸의 감각이 이전과 다를 바 없이 고스란히 남아 있다는 건 지금 누워 있는 이곳이 균열의 일부가 아니라는 사실을 증명해 준다.

클루는 누운 상태로 손가락을 움직여 봤다. 손가락과 발가락, 등과 머리 그리고 목의 움직임은 아주 자유롭다. 사지를 멀쩡히 굴릴 수 있다. 그렇다면, 일어나는 것도 가능할까? 반듯하게 누워 있는 클루의 몸 아래 부드러운 무언가가 닿는다. 클루는 자리에서 엉거주춤 일어나 바닥을 손으로 훑어봤다. 손가락 사이에서 금세 빠져나갈 정도로 고운 모래나 자갈 같은 게 바닥에 잔뜩 깔려 있는 듯했다.

이런 형태의 바닥이 있었던가? 클루는 곰곰이 생각해 봤지만 그 어떤 곳에서도 이와 비슷한 성질의 것을 만난 적은 없었다. 아예 처음 접하는 공간으로 들어오기라도 한 걸까. 손이 푹푹 빠지는 바닥을 반사적으로 더 깊게 파보았지만 그럴수록 더 아래로 빨려 내려가는 느낌이 들었다.

이대로 몸을 일으켜 봐도 괜찮을까. 클루는 본모습이 잊힌 지 오래인 '끊음의 사막' 한가운데를 떠올렸다. 그곳의 중앙에는 커다란 모래 괴물이 산다. 레벨이 낮았을 때는 수도 없이 그 모래 괴물이 만들어둔 함정에 빠진 채로 먹히고 썰려 부활에 부활을 반복해 페널티까지 얻었다. 지금의 클루에게 그 모래 괴물은 한

주먹 거리도 되지 않을 정도로 가벼운 상대지만, 초
보 시절에 너무 많이 당해서인지 클루는 종종 그때를
떠올리곤 했다. 그리고 지금은, 모래 괴물에게 발목을
잡혀 모래 속으로 빠져 들어가던 그 순간의 감각을 불
현듯 떠올리기 딱 좋을 만한 상황이었다.

클루는 발끝에서부터 올라오는 긴장을 애써 눌렀다.
괜찮다. 모래 괴물이 설령 이 세계에 아직 남아 있다고
해도, 지금의 나를 상대할 수는 없을 것이다. 클루는
푹 빠지는 모래 사이로 발을 디딘 채 허리에 힘을 주
며 일어나 사방을 살폈다. 여전히 아무것도 보이지 않
지만 이제는 어둠에 어느 정도 적응이 되었다. 어떻게
해야 좋을까. 바닥에 뭐가 있는지도 모른 채 섣불리 걸
음을 옮길 수는 없었다. 주변을 밝힐 만한 게 있던가.
주머니를 열어 아이템을 뒤지던 클루는 자신의 가방
에는 성냥도 램프도 없다는 사실을 깨달았고, 그제야
사라진 발렌타인과 안리가 생각났다.

"참 빨리도 깨달았네."

클루가 나지막이 중얼거렸다. 허탈한 감정으로부터
우러난 진심의 탄식이었다. 눈을 뜨자마자 발렌타인
부터 찾았어야 하는 게 맞다. 이 알 수 없는 바다으로
워프되기 전에 봤던 마지막 광경을 클루는 조용히 떠

올렸다. 하늘로 나는 비행 스킬을 시전하듯 공중으로 붕 하고 떠오른 발렌타인의 모습과, 무언가에 맞거나 혹은 기절의 물약이라도 마신 듯 힘을 잃고 픽 쓰러진 안리. 그 둘의 머리 위로 돌연 떠오른 로그아웃 메시지, 그리고 곧이어 시스템 창에 떠오르던 발렌타인의 로그인 메시지.

발렌타인은 눈치채지 못했겠지만, 클루는 발렌타인을 발견하고 기절시켰을 때 몰래 자신의 친구 창에 발렌타인을 등록해 두었다. 물론 그건 어디까지나 발렌타인을 살피기 위한 행동이었다. 캐릭터마다 자신의 정보에 대한 공개 범위가 제한할 수 있고, 이 세계의 대다수는 그걸 친구 공개에 한해 열어둔다는 사실을 알고 있었기에 시도해 볼 만한 일이었다. 다행스럽게도 발렌타인 혹은 발렌타인의 유저는 친구 추가에도, 정보 공개 자체에도 별다른 제약을 두고 있지 않았다. 덕분에 클루는 발렌타인이 정신을 잃은 동안 그에 대한 정보를 어느 정도 읽을 수 있었다.

클루는 재빨리 친구 창을 열어 발렌타인의 상태를 확인했다. 수많은 친구 목록 가운데 발렌타인의 이름만이 유일하게 빛을 밝히고 있었다. 혹시 모르니 안리도 등록해 둘 걸 그랬나. 하지만 그러기엔 시간이 너무 촉박했다. 게다가 그의 주장이 맞다면 안리는 실제 유저가 아닌가. 안리의 면전에 대고 고함쳤듯이, 그는 이 세계의 생존과 관련이 없는 자다. 굳이 신경을 써야 한다면 역시 언제 사라져도 이상하지 않을 안리보다 발렌타인 쪽이어야 했다.

발렌타인은 온라인 상태임이 분명했지만, 어느 구역의 어디에서 활동하고 있는지는 알 수 없었다. 그건 서로 친구로 추가해야만 공개되는 정보였기에 당연했다. 클루는 얕은 한숨을 쉬었다. 우선 살아 있으니 되었다는 생각이 들었다. 어차피 이 세계는 매 순간 제한 구역을 늘려가고 있으니 마음먹고 찾아 나서면 금세 발렌타인을 발견할 수 있을 것 같았다. 어쩌면 로그인 상태로 기절해서 이 근처에 있을지도 모른다.

이제 어둠은 익숙해졌고 바닥에서 느껴지는 모래에 대한 불쾌한 감각도 둔해졌다. 한자리에 가만히 있는 것보다 움직이는 게 훨씬 낫다는 걸 알고 있는 클루는 아주 조금씩 걸음을 옮겼다. 가방과 상태 창을 제외하면 모든 게 정전된 거나 마찬가지였다. 맵이 열리지 않는다는 사실을 깨닫고 조금 당황했으나 그것도 금세 적응되었다. 동서남북을 가늠할 수 없으니 한 곳을 짚어 이동하기로 했다.

'독수리의 눈' 스킬을 발현해 보았지만 아무런 변화도 없었다. 스킬 시전이 일시적으로 막힌 느낌이 들었다. 그렇다면 그냥 감에 맡긴 채 이동해 보는 수밖에 없다. 클루는 서 있는 자리에서 오른쪽으로 방향을 틀어 무작정 걷기 시작했다. 걷다가 아주 운이 좋아 근처에서 발렌타인을 만난다면 시스템상 팝업 메시지가 뜰 것이다. 그러길 간절히 바라며 아주 천천히 움직이기 시작했다.

자신이 택한 방향으로 조금씩 걸음을 옮기며 클루는 기본적인 것들을 확인했다. 우선, 가방에서 드롭된 아이템은 없었다. 단검 두 자루와 허리춤에 꽂아둔 작은 칼들, 그리고 신발과 장갑까지 모두 멀쩡했다. 몸 구석구석을 살폈지만 특별히 통증이 느껴지거나 생채기가 난 곳은 없었다. 아주 자세히 들여다볼 수는 없지만 일단 느낌상으론 그랬다. 이럴 때 발렌타인이 옆에 있었다면 좀 더 정확히 판단할 수 있었을 텐데.

머릿속에서 발렌타인이 떠오르자 클루는 반사적으로 피식, 하고 실소를 흘렸다. 이런 상황이라 생각이 나는 걸까. 아니면 만난 지는 얼마 되지 않았어도 발렌타인이 조금 특이하게 느껴졌기에 마음이 끌리는 걸까. 처음 발렌타인을 발견했을 때만 해도, 클루는 그저 그뿐이라 생각했다. 동행한다거나 같이 여러 구역을 떠돌아다니며 쓸 만한 생존품을 찾으러 다니는 건 예정에 없던 일이었다. 그 자리에서 발렌타인을 제거할까 생각도 했지만, 발렌타인에게도 말했듯 그가 티리스 종족이라는 이유 때문에 일단은 두고 보자는 식으로 유예 기간을 둔 것뿐이었다.

발렌타인은 몰랐겠지만, 크리타의 랭커는 독심술이 가능해 상대방이 장전한 스킬을 3회 차까지 가늠할 수 있었다. 어쨌든 상대방과의 전투에서 매우 유리한 기술이었다. 그 능력을 전투 때가 아닌 일상에서도 사용할 수 있는 줄은 전혀 몰랐다. 그러나 세계 전반이 불안정해서인지 아니면 클루에게만 발생한 버그 때문인지, 클루는 발렌타인의 행동에 앞선 생각과 몇 가지 감정 정도는 읽을 수 있었다. 시종일관 불신의 자세로 클루를 대하던 발렌타인의 감정이 불호에서 호로 느껴질 때가 되어서야 클루도 마음을 놓았다.

아마도 발렌타인이 비슷한 날 이 세계에서 새 삶을 살기 시작했다면 결코 친해질 수 없었을 거라 클루는 생각했다. 그와 동시에 유저로부터 떨어져 자유 아닌 자유의 몸이 되었던 그날을 떠올렸다. 클루는 발렌타인처럼 차분하게 모든 걸 받아들이지 못했다. 발렌타인뿐 아니라 그간 만났던 모든 캐릭터들은 이 모든 걸 전혀 몰랐겠지만 말이다.

발렌타인이 자신의 유저를 계속해서 떠올리고 유저와의 연결을 간절히 바라는 이유는 그가 이 세계에서 생존하기 시작한 지 얼마 되지 않았기 때문이라고 클루는 확신했다. 유저와 연결이 끊겼다는 걸 깨닫고 익숙하지만 익숙하지 않은 세계에서 마치 이방인처럼 떠돌기 시작한 그때를 생각하면 클루는 절로 얼굴이 찡그려졌다.

클루는 걸음을 멈추고, 입술을 꽉 깨물었다. 이게 다 무슨 소용일까 싶던 때가 참 많았다. 왜 하필 지금 그런 생각이 드는 걸까. 발밑에는 여전히 고운 모래가 깔려 있었다. 걷거나 주저앉거나, 둘 중 하나겠지. 이대로 이 자리에 가만히 똬리를 틀고 앉듯 머문다면 얼마 지나지 않아 균열에 먹히게 될 것이 분명했다.

머릿속이 복잡해졌다. 안리는 정말로 성공했을까? 안리가 알린 우리의 소식이 저 너머에 닿아 발렌타인의 유저를 움직이게 만들었을까? 클루는 쓰러지기 직전 공중으로 떠오르던 발렌타인과 그 주변에서 맴돌던 시스템 메시지를 다시 떠올렸다.

〔유저 로그인중.〕

버그가 판치는 세상이기에 메시지를 곧이곧대로 믿을 수는 없었다. 하지만 안리의 포부대로, 발렌타인의 바람대로 정말로 그 시도가 성공했고 발렌타인의 유저가 발렌타인과 재결합했다면 이 세계는 어떻게 되는 걸까. 클루는 문득, 처음 맛본 깊은 우울과 좌절로 뒤덮인 하루하루를 가까스로 보내던 때를 떠올렸다. 둘도 없던 자신의 유저가 이 세상에 존재하는 가장 악한 존재처럼 느껴지던 그 순간이 클루의 머릿속을 가득 채웠다.

말하자면 그건 암흑, 그 자체였다. 그리고 클루는 확신한다. 발렌타인과 발렌타인의 유저가 성공했을지언정, 자신의 주인은 어떤 일이 있어도 이곳으로 다시 돌아오지 않는다는 사실을.

왔다면 진작에 왔어야지. 로아와 말린디 서버만 남기고서 모든 서버가 문을 닫기 이전에, 그때 왔어야지.

클루는 머리를 쥐어뜯으며 중얼거렸다. 클루는 지금 자신이 생존해 있는 여기 로아의 소속도, 말린디의 소속도 아니었다. 클루의 유저는 사람이 북적거리는 걸 싫어했다. 그렇기에 인적이 뜸하고 이벤트가 이어지는 기간에도 접속이 원활한 서버를 찾아 캐릭터를 생성했다. 사람이 많지 않다는 건 그 서버의 최강자가 되기 쉽다는 뜻이기도 하다. 클루의 유저는 그걸 노렸고, 원하는 업적을 달성했다.

게임 개발진이 사람이 없는 서버부터 정리한다는 발표를 했을 즈음, 클루의 유저는 게임 자체에 대한 흥미를 빠르게 잃어가는 중이었다. 클루는 다른 서버의 랭커와 견줄 정도로 모든 면모에서 상위권이었다. 그대로 사람들이 많이 모이는 서버로 이동해도 전혀 위화감이 없을 정도로 뛰어난 능력의 보유자였지만 클루의 유저는 그즈음 게임을 접었다. 아마도 이 게임이 버그 천지가 아니었다면 클루는 그대로 사라졌을 것이다. 삭제된 서버에 놓인 캐릭터 중 일부로, 영원히 사라져 버렸을 것이다.

그것이 다행인 동시에 불행의 시작이라는 생각을, 클루는 종종 했다. 왜냐하면 클루는 그렇게 삭제된 서버의 틈을 비집고 혼자서 눈을 떴고 사태를 파악하자마자 바로 서버를 이동해야 했기 때문이다. 서버와 서버의 벽을 넘는 것 자체가 끔찍한 고통이었다. 아마 그 누구도 시도한 적 없었을 테다. 유저가 움직이는 건 간단했지만, 캐릭터 스스로 그런 행동을 실행에 옮기기까지는 엄청난 고민과 대가가 필요했다. 차원 자체를 옮기는 것이었으니 더욱더 그러했으리라. 하지만 클루는 성공했다. 그리고 그 성공은, 그리 달갑지만은 않았다.

클루가 현재의 서버로 이전하면서 들고 올 수 있었던 건 크리타 마을의 자기 집으로 향하는 귀환석이 전부였다. 그 아이템은 초창기 유저에게만 주어진 고유의 아이템인 동시에 클루의 유저가 몇 가지 어려운 업적을 달성해 가며 정교하고 아름답게 가공하고 코팅해서 가지고 있던, 말하자면 유저와 클루 모두 소중하게 간직하던 귀환석이었다. 이전을 마치고 탈진 직전에 이른 클루가 크리타 마을 구석에서 휴식을 취할 때도 귀환석은 반짝거리며 빛나고 있었다. 그 반짝이는 아름다움이 역겨웠다. 당장에라도 풀숲에 던져버리고 싶었지만, 그럴 수는 없었다. 클루와 가장 오랜 시간을 함께 한 아이템이었기 때문이다. 그래서 돌아갈 곳이 없음에도 불구하고 클루는 그걸 가방 속 한구석에 넣어 품고 지냈다.

클루는 발렌타인이 어떤 연유에서 서버 종료 직전에야 눈을 뜨게 된 건지 줄곧 궁금해했다. 발렌타인의 귀환석 때문이었다. 클루의 그것처럼 무지갯빛으로 빛나며 바깥의 빛에 따라 색을 달리하는 영롱하고 아름다운, 캐릭터당 하나밖에 없는 바로 그것. 그 귀환석을 소중히 끌어안은 채 티리스의 마을을 찾는 발렌타인에게 안쓰러운 감정이 싹튼 건 사실이지만, 발렌타인이 유저에 대한 생각을 자주 할수록 클루는 분노를 느꼈다. 그 환상에서 벗어나라고, 이젠 그만 그 생각에서 벗어나라고 여러 번 소리치고 싶었다.

'어차피 너나 나나 버림받았을 뿐이야.'

하지만 그 말은 클루의 생각만큼 쉽게 입 밖으로 나오지 않았다. 발렌타인과의 동행에 익숙해지자 클루는 그와 비슷한 말을 하려는 시도 자체를 멈췄다. 둘 중 하나 혹은 둘 다 상처받는게 두려워서였을까?

클루는 정확한 이유를 찾을 수 없었다. 그런 생각을 하면서 다시 걸음을 옮기려는 찰나, 발밑에 모래가 아니라 이상한 감각이 느껴졌다.

자리에 앉아 고개를 숙인 클루는 자신의 발에 차인 무언가를 자세히 바라보려고 애썼다. 여전히 분간이 어려울 정도로 극심한 어둠에 싸여 있었으나, 클루는 자신이 발로 찰 뻔한 무언가의 정체를 단번에 알아차렸다. 그리고 거의 동시에, 시스템 창의 경고 메시지가 올라왔다.

〔파티원 근접. 강제로 파티를 재결합합니다.〕

클루는 메시지를 보자마자 그 자리에 주저앉아 발 아래 놓인 것을 더듬거렸다. 클루의 손끝에 딱딱한 샌들 바닥과 샌들이 감싸고 있는 발가락, 그리고 그와 이어진 따뜻하고 물컹한 발목의 감각이 느껴졌다. 그것만으로는 정확히 누구인지 알 수 없었지만, 시스템의 익숙한 경고음은 여기 쓰러져 있는 이 캐릭터가 발렌타인임을 재차 확인시켜 주었다. 발렌타인과 언제부터 파티 상태가 되었는지는 모른다. 하지만 적어도 최근에 가장 오랜 시간 동행한 캐릭터는 발렌타인이 유일하기 때문에, 클루는 자신의 판단을 믿었다.

발렌타인 옆에 무릎을 꿇고 앉아 눈을 비벼가며 머리 위에 있는 이름과 티리스 특유의 날개옷 같은 로브의 장식을 확인하고서야, 클루는 발렌타인을 깨우는 데 열중했다. 큰 소리를 내는 건 옳지 않은 방법이라 생각되어 귓가에 조용히 속삭이기도 하고 여러 번 흔들기도 했지만, 발렌타인은 여전히 의식이 없어 보였다. 팔도 들어보고 다리도 들어봤지만, 아무런 반응이 없었다. 설마 어떻게 되기라도 한 걸까? 하지만 분명 친구 목록에 발렌타인은 온라인 상태로 나오고, 머리 위의 작은 이름표가 회색이나 검은색이 아닌 옅은 초록색으로 밝게 빛나는 걸 보면 발렌타인은 아직 살아 있는 듯했다. 마침 버그라도 걸린 건지 발렌타인에게 씌워져 있는 상태 이상이 읽히지 않았기 때문에 클루는 더욱 초조해졌다.

클루는 발렌타인 옆에 앉아 약물이 잔뜩 들어 있는 가방을 열었다. 그리고 그중 치유 계열의 약물을 차례대로 발렌타인의 입속으로 흘려보냈다. 뱉거나 토해내는 반사적인 행동 없이 약물의 줄기는 모두 발렌타인의 입안으로 들어갔다. 클루는 조용히 숨죽이고 앉아 반응을 기다렸다. 자신과 동일한 상태로 이 모래 바닥에 널브러져 있는 거라면, 곧 일어날 게 분명했다. 그래야만 했다.

발렌타인 주변에는 알 수 없는 작은 상자들이 흩뿌려져 있었다. 클루는 그것들을 더듬어 탐색한 결과 발렌타인의 가방 안에 있던 아이템의 일부임을 확인했다. 제발, 제발 하나만 있어라, 하나만……. 역시, 있었다. 발렌타인의 가방 안에 수북하던 성냥과 양초. 한 치 앞도 보이지 않는 지금으로는 거의 유일한 해결책이었다. 발렌타인이 모든 아이템에 자물쇠를 걸어놓지 않은 걸 천만다행으로 여겼다.

클루는 지체 없이 성냥에 불을 붙였다. 칙, 하는 소리와 함께 불꽃이 둘 사이를 밝혔다. 그 불을 조심스레 긴 양초의 심지로 옮겼다. 그러자 순식간에 클루와 발렌타인 주변이 가로등이라도 밝힌 것처럼 환해졌다. 거대한 모래사막 위에 클루와 발렌타인이 앉아 있었다.

자, 잠깐. 이 양초의 효능이 이 정도라고? 빛이 너무 밝아 당황한 클루는 불이 붙은 초를 바닥으로 떨어뜨렸다. 공교롭게도 바닥으로 곤두박질친 양초는 정확히 발렌타인의 하늘거리는 치마 위에 떨어졌고, 곧 작은 불꽃이 일기 시작했다.

클루는 앞뒤를 생각할 겨를도 없이 바로 주저앉아 손과 발, 아무튼 모든 걸 활용해 발렌타인의 옷에 붙은 불씨를 끄기 위해 안간힘을 썼다. 손으로 문지르고 모래로 덮어도 불꽃은 사그라들지 않고 그 자리를 계속 태우고 있었다. 이, 이대로는 안 돼. 클루는 땀을 뻘뻘 흘리며 치유의 약물과 정화의 약물 뚜껑을 동시에 열었다. 그것들을 발렌타인의 그을린 옷 위로 막 뿌리려는 순간, 누군가 클루의 팔목을 잡았다.

"기다려!"

팔을 강하게 낚아채인 클루는 순식간에 균형을 잃

고 앞으로 고꾸라졌다. 갈 곳을 잃고 허공에 놓인 물약들은 바닥으로 쏟아지기 일보 직전이었다. 아슬한 순간 가운데, 팔을 붙든 누군가가 바닥으로 떨어지던 물약 병 하나를 간신히 잡았다. 여전히 활활 타고 있는 불꽃의 빛을 등진 채로 자신의 팔을 잡아끈 게 누군지를 확인한 클루는 그만 말문이 막혔다.

클루의 침묵을 먼저 깬 건 이쪽이었다.

"나야, 나."

"네가 발렌…… 타인이라고? 하지만 저기 누운 게 분명……."

클루는 믿을 수 없다는 표정으로 바닥에 널브러진 캐릭터를 확인했다. 머리 위에서 좀 전까지 빛을 발하고 있던 '발렌타인'이라는 글자가 순식간에 검은색으로 변했다.

"이…… 무슨……?"

당황하여 뒷걸음질 치는 클루를, '진짜' 발렌타인이 진정시키려 애를 썼다. 여전히 상황이 제대로 파악되지 않는 클루는 본능이 시키는 대로 우선 전투 모드를 활성화했다.

"자, 잠깐만. 나야, 발렌타인이라고!"

발렌타인은 잡고 있던 클루의 손을 놓고, 안리가 했

169

던 것처럼 무장해제 상태임을 보였다. 날 세운 단검을 꽉 움켜쥐고 있는 클루에게 발렌타인은 가방에 손을 넣어 영롱한 색으로 빛나는 귀환석을 먼저 보여줬다.

"이거라면 증거가 되겠지? 이제 네 것도 보여줘."

"……그게 무슨 말이야?"

"말했잖아, 네 것도 보여달라고. 네가 진짜 클루임을 증명하라는 말이야."

왜인지 알 수 없지만 발렌타인은 분명 떨고 있었다. 클루는 이상함을 느끼며 발렌타인이 들고 있는 귀환석을 차분히 살폈다. 그리고 곧 가방에서 자신의 귀환석을 꺼내 발렌타인에게 보여주었다.

"자. 이제 설명해. 이게 다 무슨 일인지."

클루의 귀환석을 본 발렌타인은, 그제야 잔뜩 긴장하고 있던 몸을 편하게 풀고 한숨을 쉬었다.

"나도 너랑 똑같은 모습에 네 이름을 달고 있는 크리타를 봤어. 당연히 너라고 생각했는데, 그게 누워 있다가 일어나서 갑자기 날 공격했고……."

클루는 반사적으로 고개를 돌려 바닥에 있는 캐릭터를 바라봤다. 그의 옷가지는 여전히 불에 그을리고 있었지만 어떤 동력이나 활력도 느껴지지 않았다.

클루와 발렌타인은 한동안 침묵한 채 서로를 바라

보고만 있었다. 각자의 머릿속은 온갖 생각들로 복잡했다. 단순히 세계의 일부가 무너지고, 사라졌던 종족이 부활하고, 스킬이 작동되지 않거나 혹은 그 반대인 경우만을 생각했지 자신의 또 다른 캐릭터, 그러니까 복제된 자신이 이곳에 있을 거란 생각은 한순간도 해본 적이 없기 때문이다.

"그런데도 용케 살았네."

비정상적으로 복제된 자신과 겨룬다면 승산이 있을까를 고민하던 클루가 발렌타인을 바라보다 문득 든 생각을 말했다.

"그럴 수밖에 없었어. 왜냐하면 무언가 스킬 같은 걸 발동하다가 그대로 푹 주저앉아 버렸거든. 저기 누워 있는 저것처럼 말이야."

발렌타인이 손가락으로 바닥을 가리켰다.

"우선, 불을 좀 피울 만한 게 있어? 저쪽 가방 안에 성냥이 있길래 태워보려다 저 사달이 난 건데 저걸 어떻게 건드릴 자신은 없거든."

혹시 모를 상황에 대비해 바닥에 있는 발렌타인의 복제 캐릭터에서 조금 멀리 벗어난 곳에 자리 잡는 게 나을 것 같다는 클루의 판단에 발렌타인 또한 동의했다. 발렌타인은 현재 위치를 기준으로 북쪽에서 걸어왔다고 말했다. 둘은 동선이 겹치지 않는 한에서 가장 안전한 서쪽, 그러니까 클루가 맨 처음 선택한 방향으로 걸어가 보기로 결심했다.

복제 캐릭터에 붙은 불이 거의 보이지 않을 무렵, 발렌타인이 가방에서 성냥을 꺼내 불을 붙인 다음 그것을 구체로 만들어 몸통 주변으로 띄웠다. 클루는 처음 보는 발렌타인의 기술에 약간 놀라는 듯했지만 별다른 말을 보태진 않았다. 지금은 우선 여기가 어딘지 파악하는 게 중요했고, 쓰러져서 정신을 잃은 동안 무슨 일이 있었는지 살펴보는 게 중요했다.

클루와 발렌타인은 서로의 팔을 꼭 잡은 채 어둠 속을 헤집기 시작했다. 발밑에는 부드럽고 고운 모래가 계속해서 이어졌다. 발렌타인은 이곳에 처음 왔던 날, 그러니까 U 없이 이곳에 떨어졌던 날을 떠올렸다. 클루는 그런 것을 겪어보지 않았기에 어쩌면 첫 장소로 돌아간 게 아닐까 하는 발렌타인의 추측을 믿을 수밖에 없었다. 그게 맞든 틀리든 달라질 건 없었으니까. 이곳이 어디든간에, 이 지루하고 끔찍한 어둠에서만은 벗어나고 싶었다. 그러기 위해서는 아주 작은 틈새를 찾아야 했다.

클루와 발렌타인은 말없이 허공을 바라보며 아주

작은 틈과 빛을 지나치지 않으려 노력했다. 그러다 문득, 발렌타인이 잠시 잊고 있었던 안리의 이야기를 꺼냈다.

"안리는…… 실패한 것 같지, 아무래도?"

그러자 클루는 걸음을 멈추고 발렌타인을 바라봤다. 아니, 정확히는 발렌타인의 표정을 살폈다. 발렌타인의 목소리는 곧 울음이 터질 것처럼 낮았고 약간 흐느끼는 듯했다. 안리 따위에 기대를 걸고 있던 발렌타인을 여전히 이해할 수 없었지만, 발렌타인이 느꼈을 절망이 어떤 건지는 그래도 공감할 수 있을 것 같았다.

"우리랑 같이 이곳으로 떨어졌다면 안리의 물건이라도 있어야 정상인데, 여기까지 걸어오면서 아무것도 찾지 못했어. 이미 이 어둠 속으로 들어오기 전에 사라진 게 아닐까? 어쨌든 그자는 인간이잖아."

클루는 마지막 말을 일부러 강조해서 뱉었지만, 발렌타인의 표정을 살피니 이 모든 상황을 진심으로 받아들이기까지는 시간이 조금 걸릴 듯싶었다. 클루는 한숨을 푹 쉬었다.

"네가 공중으로 붕 떠오른 직후에 안리부터 사라졌어. 그러니까 안리는 버그의 틈새를 비집고 들어와 억지로 연결하던 이쪽과 저쪽의 연결고리를 차단당한

게 아닐까? 안리가 성공했다면 우리 주변에 이런 풍경이, 이런 이상하고 괴상한 풍경이 펼쳐질 리 없잖아?"

발렌타인은 잠시 이곳에 떨어지기 직전, 그러니까 정신을 잃기 직전의 일들을 기억해 내려 애를 썼다. 그런 발렌타인을 클루는 답답한 표정을 지으며 바라보았다.

"무언가…… 나를 쭉 빨아들이는 느낌이었어. 너도 그런 걸 느껴본 적이 있어?"

"음, 아니. 나는 그냥 저절로 눈이 감겼고 바닥에서 깨어난 게 전부야. 약간 튕겨져 나오는 듯한 기분은 들었지만 그게 뭔지 파악할 수 있을 정도의 시간이 있진 않았어."

"나도…… 나도 알아. 안리가 실패했다는 거. 여기까지 걸어오면서 계속 생각했어."

"뭐에 대해서?"

"U…… U에 관해서. 혹시나 내가 쓰러지기 직전에 U가 한 번은 날 찾아와 주지 않을까 싶어서."

클루는 걸음을 멈추고 단호한 표정을 지었다.

"그건 이제 정말 좀 잊자. 네가 지금까지 얼마나 네 유저와 굳건히 연결되어 있었고, 네 유저를 얼마나 신뢰하고 있었는지 그런 건 나도 잘 알겠어. 그치만 이제 그 U라는 건 돌아오지 않아. 아직도 상황 판단이 안 되는 거야?"

"나도 알아, 안다고!"

발렌타인은 자리에 갑자기 주저앉아 머리를 감싸며 소리를 질렀다. 클루는 혹시 발렌타인의 목소리를 듣고 누군가가 공격해 오지 않을까 싶어, 퍼뜩 발렌타인을 감싸며 주변을 두리번거렸다.

"너는 아마 평생 이해하지 못할 거야. 나랑 U는 지금까지 몇 년을……."

결국 발렌타인이 울음을 터뜨렸다. 클루는 그걸 그저 물끄러미 바라볼 뿐이다. 알아, 알지. 각자의 사정이 다 다르니까. 하지만 클루는 자신도 발렌타인의 심정을, 그러니까 믿었던 유저로부터 떨어져 나와 완전히 혼자가 되어버린 그 심정을 이해한다고 말할 수 없었다. 그에 대해 생각할 때마다 가슴 한쪽이 욱신거릴 정도로 아팠으니까. 클루의 유저는 '마음의 상처' 혹은 '심장의 상처'라는 말을 자주 했다. 그게 무엇을 뜻하는지 전혀 감이 잡히지 않았지만, 아이러니하게도 유저와 분리되고 난 후에 그 기분을 알게 되었다고 해야 할까.

클루는 입술을 꽉 깨물었다. 아마 이 기분은 여기서

영영 사라질 때까지 지울 수 없을 거다. 발렌타인도 마찬가지겠지. 하지만 지금은 이렇게 지체하고 있을 시간이 없어.

"일어나. 가던 길은 계속 가야지."

클루는 건조한 말투로 발렌타인을 타이르며 손을 내밀었다. 눈물 범벅의 발렌타인은 가만히 클루가 내민 손을 바라보다가 거기에 지탱해 일어나, 다시 비척거리며 걸음을 옮겼다.

가도 가도 끝이 없어 보이는 듯한 어둠에 둘은 조금씩 지치기 시작했다. 쉬고 싶은 기분이 들었지만 이런 어둠 속에서 야영지를 만들 수 있을지 의문이었고, 그 불빛을 보고 또 복제품 같은 이상한 악성 버그들이 달려오지 않을까 걱정도 되었다. 하지만 발렌타인과 클루는 도저히 더 걸을 수 없다고 판단했다. 둘은 누가 먼저랄 것도 없이 동시에 자리에 주저앉아 버렸다.

"조금만 쉬자."

클루의 제안에 발렌타인은 말없이 고개를 끄덕거렸다. 최초의 접속으로부터 얼마나 시간이 흘렀는지, 앞으로 얼마나 남았는지 알 수 없었다. 클루는 철저하게 남은 날짜를 카운팅하고 있었지만, 시간을 알리는 알림창이 완전히 고장 나버린 직후부터는 명확하게 분간할 수 없게 되었다.

둘은 기존에 펼쳐두었던 야영의 규모보다 훨씬 작은, 그러니까 고작 차 한 잔 끓일 정도 수준의 불을 피우고 잠시 앉아 쉴 수 있는 자리를 만들었다. 몇 번 반복해 본 터라 이제 서로 말을 섞지 않아도 합이 맞춰질 정도로 익숙해졌다. 클루와 발렌타인은 가방에 있던 모포를 꺼내 둘러 덮었다. 밤인지 낮인지 구분할 순 없지만 어쩐지 냉기와 한기가 느껴졌기 때문이다.

타는 불빛을 한동안 말없이 바라보던 발렌타인이 먼저 입을 열었다.

"너는 지친다는 생각을 해본 적 없어?"

"지친다는 생각?"

"나보다 이 세계에 오래 혼자 있었잖아. 밤이고 낮이고 힘들면 쉬고 조금 쉬었다가 일어나고, 경계를 늦추지 않은 채로 계속 생활하며 살아가기가……. 그냥 그런 적이 없나 싶어서."

발렌타인은 가방을 뒤적이며 말을 이었다.

"나는 솔직히 이젠 잘 모르겠어. 가끔 어떻게든 될 대로 되라는 심정이 들기도 해. 며칠 지나지 않은 나도 이런데 너는 어떨까 싶어서. 그냥 문득 그런 생각이 들었다."

클루는 쓴웃음을 짓는 발렌타인과 눈을 맞췄다. 물론 그런 시간들이 있었다고 재빨리 대답하려 했지만, 입이 쉽게 떨어지지 않았다. 클루는 어떻게든 생존해야 한다고, 어둠과 균열에 먹히는 일만은 없어야 한다고 클루에게 당부했던 크리타의 마지막 동료를 떠올렸다. 오랜 시간 알아왔던 크리타, 원래의 서버에서 추출되듯 빠져나와 지금의 서버에 머물 수 있도록 편의를 봐준, 클루에게는 마지막 크리타였던 그가 파도처럼 몰아치는 균열에 먹히기 직전까지 당부하고 또 당부했던 말이다.

아로나의 강을 찾아가. 그 앞에서 마지막을 선택해.

언젠가 이 세계에서 발 하나 디디기도 어려워지는 순간이 온다면, 도망쳐 머물 만한 공간이 모두 사라지고 더 이상 물러설 수 없는 순간이 온다면 선택을 해야만 한다고 그는 말했다. 캐릭터에 덧입혀진 알 수 없는 버그로 움직이지도 못하고 영혼만 박제된 자신을 대신해, 두 발이 자유로운 너는 스스로 선택을 하라고. 그 전까지는 절대 이 세계를 뒤덮기 시작한 수많은 오류들에 먹히지 말라고 말하며 그는 어둠 속으로 스러져 갔다.

다른 모든 기억은 조금씩 잊혀도, 그에 대한 기억과

그의 마지막 말 한마디만은 잊을 수 없었다. 눈앞에서 자신이 아는 마지막 크리타가 사라지는 모습을, 클루는 견뎌내야 했으니. 그런 그가 마지막까지 반복했던 그 말을 지켜야겠다고 생각했다. 그리고 그 강을 찾아가는 것 말고는 사실 이곳에서 할 수 있는 일이 없었다.

"물론 있지. 하지만……."

클루는 눈을 감으며 고개를 숙였다.

"하지만 찾아야만 하는 게 있으니까. 결국엔 살기 위해 움직일 수밖에 없었어."

"이곳의 종말은, 이제 정말로 얼마 남지 않은 거지?"

깊은 생각에 빠진 듯한 클루를 바라보며, 발렌타인이 물었다.

"뭐…… 시간상으론 그렇지. 시계가 고장 나지 않았다면 좀 더 자세히 알 수 있었겠지만, 지금은 그 전에 그곳에 도달하길 바랄 뿐이야."

"그곳?"

발렌타인은 눈을 동그랗게 뜨며 클루를 바라봤다. 지금까지 클루의 계획에 대해, 그러니까 클루가 어디를 향해 가고 있는지에 관해 단 한 번도 묻지 않았다는 사실을 떠올렸다. 아마 클루를 만나지 않았다면 우

179

왕좌왕하다가 벌써 균열에 휩쓸려 사라졌을 거다. U에 대한 미련을 밀어낼수록 클루가 더 가깝게 다가오는 느낌이 들었다. 좋은 건지 나쁜 건지 알 수는 없지만, 발렌타인의 마음속에 클루에 대한 고마움이 깊게 자리하고 있는 것만은 사실이었다.

이제는 정말로 크리타를 믿을 수 있겠다고 발렌타인은 생각했다. 애초부터 말도 안 되는 일들의 연속이었다. 조금 더 일찍 클루에게 마음을 열었다면 이 모든 상황이 더 좋게 바뀌었을까를 잠시 가늠해 봤지만 결국 달라지는 건 없을 듯했다. 적어도 클루에게 배신당하는 일은 없을 것 같았다. 그렇기에 클루를 믿고 클루가 이끄는 곳으로 가보자는, 끝까지 살아남아 보자는 다짐이 발렌타인의 마음속에 강하게 일었다.

클루는 발렌타인의 물음에 대답하지 않았다. 그 대신 자리에서 일어나 걸음을 재촉했다. 발렌타인 또한 클루의 마음을 읽기라도 한 듯 자리에서 벌떡 일어나, 야영 키트를 잘 접어 가방에 넣고 클루와 발을 맞춰 걸었다.

몇 시간이나 지났을까. 곳곳에 있을지 모르는 틈을 찾아 헤매던 둘은 마침내 아주 작은 빛이 새어 나오는 구멍 같은 것을 감지했다. 어둠 속에서 반짝이는 빛을 간헐적으로 내뿜는 구멍 앞에 도달한 발렌타인과 클루는, 번갈아 가며 그 빛이 어디에서 오는지, 구멍처럼 보이는 작은 틈의 바깥에는 무엇이 있는지 가늠해보려 했다. 하지만 쉽지 않았다.

"우선 어떻게든 열어보자."

무력으로 해결하자는 클루의 의견에 발렌타인도 동의했다. 클루는 발렌타인과 자신, 그리고 사라진 안리가 오류로 인해 서버의 뒤편 같은 이상한 공간에 갇힌 게 분명하다고 판단했다. 하지만 한 치 앞도 보이지 않는 어둠 속을, 발밑이 언제 꺼질지 알 수 없는 어둠 속을 이대로 그저 헤맬 수는 없었다. 이쪽에서 아주 살짝 보이는 저 빛 너머, 아주 작은 틈 사이로 보이는 저 너머의 공간으로 가야 한다는 생각이 들었다.

클루는 가방에 남긴 무기 중 가장 무겁고 둔탁한 몽둥이와 작은 도끼를 차례로 꺼내어 발렌타인에게 건넸다. 발렌타인은 그것들을 물끄러미 바라보다가, 클루에게 툴툴거렸다.

"티리스는 이걸 쓸 수 없어. 우리가 쓸 수 있는 건 이 장창뿐이야."

발렌타인은 말이 끝나기 무섭게 허리 뒤춤에 꽂아두었던 기다란 은색 장창을 꺼내 클루에게 보여줬다.

아, 그렇지. 잠시 그걸 잊고 있었네. 머쓱해하는 클루를 등지고 발렌타인이 먼저 틈새를 향해 첫 번째 가격을 시작했다. 그러자 틈새의 끄트머리가 바삭, 하는 소리를 내며 조금씩 떨어졌다. 클루는 그것을 물끄러미 바라보다 고개를 끄덕였다.

"오래 걸리지 않겠어. 서두르자."

클루와 발렌타인이 번갈아 가며 틈새를 공격하자, 틈은 빠르게 입을 벌렸다. 그와 동시에 바깥에 있는 빛이 어둠으로 쏟아져 들어왔다. 잠시 동안 둘은 눈을 찡그린 채 서 있어야만 했다.

혹시나 틈과 벽을 섣불리 건드리면 이곳 전체가 무너지지는 않을까 걱정이 되기도 했지만, 불균일하게 부서진 구멍 너머로 너무도 익숙한 풍경이 드러났기에 발렌타인과 클루는 안도의 한숨을 뱉었다. 사라진 안리를 제외하면 다른 건 모두 너무나도 멀쩡한 상태 그대로인 습지대로 다시 돌아와 있었다.

발렌타인은 기분 나쁜 어둠으로부터 어떻게든 빠져나왔다는 사실에 고무되었다. 안리가 걸터앉아 있던 커다란 바위도 그 자리에 있었다. 아주 멀리서 들리는 폭포의 경쾌한 소음까지 전부 정신을 잃기 직전의 그 모습 그대로였다. 낯선 공간에서 익숙한 공간으로 워프라도 한 느낌이 들어, 어안이 벙벙한 상태로 둘은 서로를 바라보며 잠시 동안 움직이지 못하고 서 있었다.

하지만 이 구역에서 그런 일을 겪었으니 결국 여기서 오래 머무는 것도 독이 될 수 있었다. 한번 오류가 생긴 구역은 계속 버그가 중첩되는 흐름으로 이어졌다. 지금까지의 패턴을 무시할 수는 없었다. 클루는 근처에 혹시 생존용 물약이나 성냥 등 주울 만한 물품이 있는지를 확인한 후, 발렌타인의 걸음을 재촉했다. 그러면서도 클루의 시선은 막 빠져나온 어둠의 틈을 향해 있었다. 그것이 혹시 살아 움직여 이쪽을 덮치지 않을까, 혹은 틈을 점점 벌려 이 세계를 잠식하진 않을까 하는 공포심을 약간 끌어안은 상태로 말이다.

"아…… 안…… 돼."

그때, 발렌타인이 중얼거렸다. 클루는 발렌타인의 말을 듣지 못한 채 계속 이쪽으로 오라고 보채며 소리를 질렀다. 하지만 발렌타인은 움직이지 않았다. 아니, 사실은 어떻게 해야 할지 몰라 안절부절못하고 있었다.

"어떻게 하지?"

발렌타인이 새파랗게 질린 얼굴로 앞에 있는 클루를 바라보며 말했다. 클루는 당황했다. 발이라도 빠진 건가? 아니면 마비라도 온 건가? 뭐가 되었든 상태 이상일 확률이 높았기에, 클루는 재빨리 발렌타인 앞으로 달려가 무슨 일인지 살폈다.

"무슨 일인데? 우리 진짜로 빨리 가야 해."

주춤하게 서 있는 발렌타인에게서 딱히 이상한 점은 보이지 않았다. 다친 곳도 없어 보였다. 의문을 가득 품은 클루의 눈이 마지막으로 향한 곳은 발렌타인의 손끝이었다. 발렌타인은 가방 속에 손을 넣은 채, 무언가를 쥐고 있었다.

"뭐, 뭐야?"

발렌타인은 절망적인 표정으로 당황한 클루를 바라봤다. 그리고 곧 울먹거리는 목소리로 대답했다.

"돌아…… 돌아가야 할 것 같아. 어디 놔둔 게 분명해."

"돌아가다니, 어디를? 설마 저 안으로 말이야? 너 머리가 어떻게 된 거 아니야?"

발렌타인은 클루의 다그침에 대답하지 않고 그 자리에 주저앉았다. 손은 가방 안쪽에 여전히 넣어둔 상태였다.

"……없어."

"없다니 뭐가, 제대로 말 좀 해봐!"

답답한 클루가 발렌타인의 등을 연신 강하게 흔들었다. 발렌타인은 고개를 푹 숙인 채, 벌벌 떠는 손으로 가방을 열어 클루에게 보여줬다.

"귀, 귀환석이 없어. 사라졌다고."

6

"이 게임에서 단 한 가지, 가장 아끼는 게 있다면 뭐야?"

길드 아지트에서 쉬고 있을 때 누군가가 우리에게, 정확히는 U에게 그런 질문을 한 적이 있다. 은은한 장작불이 타탁 탁 소리를 내며 타고 있던 밤이었던 걸로 기억한다. 그 질문을 던진 길드원이 누군지는 잘 생각나지 않는다. U는 의아해하며 바로 무슨 뜻이냐고 되물었다.

"이 게임 전체에서 제일 소중한 게 뭐냐고."

"갑자기?"

U는 당황한 기색이 역력했지만 질문에 대답하기까

지 꽤 많은 고민을 했다. 그사이 다른 길드원이 저마다 좋아하는 장소나 애정이 있는 NPC 등 다양한 것들을 펼쳐놓으며 '그건 별로네' '그건 어디가 어때서 좋네' 소소한 설전을 벌이기 시작했다.

"귀환석이지, 아무래도."

무심하게 툭 던진 대답한 U의 대답에 모든 길드원들이 말을 멈췄다. 마치 제일 중요한 걸 잊고 있었다는 듯, 다들 이쪽을 바라보며 고개를 주억거렸다.

"그치, 그게 있었네."

"어어어, 맞다. 그게 있었지."

주변에 있었던 길드원들은 모두 U의 말에 동감한다는 제스처를 취했다. 그리고 길드원들의 잡담 주제는 귀환석으로 향했다. 이 게임에서나 다른 게임에서나, 기본적으로 지급되는 기본템과 귀속 아이템이 제일 소중하다는 말과 더불어 이미 졸업했지만 아직 미련을 버리지 못하고 있는 여러 초보 아이템에 대한 이야기까지 오고 갔다.

"아무래도 네 귀환석은 다른 것보다 더 특별하니까."

그중 누군가가 U의 가방을 가리키며 말했다. U는 바로 고개를 끄덕거렸다.

"고인물 유저들의 특권이지, 뭐."

말을 마치자마자 U는 곧바로 으하하하 크게 웃는 동작을 취하며 별거 아니라는 듯 넘겼다. 하지만 나는 U가 귀환석에 얼마나 큰 애착을 가지고 있는지 잘 알고 있었다. 아이템을 정리할 때도 이곳저곳 위치를 고르고 또 골라 가장 잘 보이는 곳, 또는 가장 쉽게 손이 닿는 곳을 찾아 몇 번이나 그 아이템을 넣다 뺐다를 반복했는지 모른다.

클로즈베타 유저들에게만 주어진 독특한 모양과 색의 귀환석은 때론 높은 레벨이나 장기 접속자의 호칭보다 더 중요한 업적으로 평가된다. 나는 태어날 적부터 가지고 있었기에 초반에는 그다지 특별하게 느껴지지 않았지만, 새로운 유저가 대거 유입될 때마다 그들이 호들갑을 떨었으므로 그 기세에 덩달아 고개를 끄덕거리게 된 것도 없잖아 있다.

가방 안에서 늘 빛을 잃지 않고 오묘하게, 신비하게, 영롱하게 반짝이고 있는 귀환석은 실제 발동할 때마다 그 진가를 드러내곤 했다. 그것이 클로즈베타 생성 캐릭터와 다른 일반 캐릭터의 결정적인 차이점이었다. 귀환석을 발동해 워프를 타는 순간에 발생하는 오라의 색이 달랐기 때문이다. 다른 캐릭터들이 별다를 바 없는 그냥 '빛' 자체를 내뿜는 동안, 내 것은 그보다 더 다채롭고 화려하게 움직이며 마을로의 귀환을 준비했다. 아주 잠시 동안 발현되는 오라지만, 다른 캐릭터들과 비교하면 분명한 차이가 났다. 아무렇지 않게 쓰던 것인데 누군가는 입을 헤벌리고 바라보며 궁금해하고 칭송했으니, 누군들 기분이 좋지 않을 리가 있을까.

꼭 다른 사람들의 평가 때문만은 아니더라도, U와 마찬가지로 나 또한 귀환석을 가장 소중히 생각해 왔다. 어쨌거나 이 아름답고 신비한 작은 돌은 내가 어디에 있든 돌아갈 곳이 있음을 확인시켜 주었기 때문이다. 전투에서 처참히 패배하든 탐험을 하다 길을 잃든 상관없었다. 귀환석의 발동은 회복 물약을 먹는 일만큼 쉬웠고, 발동과 동시에 그대로 안전한 곳으로 순조롭게 워프된다. 발동 중에 공격을 받아 귀환이 늦어지는 경우도 종종 있었지만 저레벨에 국한된 이야기다. 어느 구역에 떨어지든 어떤 세계에 떨어지든 귀환석만 있다면 티리스 마을의 아늑한 나의 집으로, 따뜻하고 은은한 불빛이 방을 밝히는 나의 방 안으로 단숨에 이동할 수 있었다.

가방 안은 이미 십수 번 반복해서 뒤졌다. 손가락 끝

이 아플 정도였다. 하지만 그럼에도 불구하고 손을 멈출 수 없었다. 분명 여기, 이 자리에 있어야 하는데.

클루는 내 앞에 멈춰 서서 계속 나를 부르고 있었다. 빨리 와. 거기 가만히 있으면 안 돼. 움직여야 해. 클루의 목소리가 선명하게 귓가를 때렸다가 아득하게 멀어지기를 반복했다. 그러니까 나도 그건 알고 있는데, 그런데……. 이게 어째서 없지. 어째서 가방 한쪽을 항상 지키고 있던 그게 갑자기 없어진 거지.

눈물이 왈칵 쏟아졌다. 머릿속이 팽팽 도는 느낌이다. 생각, 생각을 하자. 어딘가에 떨구고 왔을지도 모른다. 그 어딘가라면 분명……. 나는 자리에서 벌떡 일어나 클루와 함께 빠져나온 틈새를 향해 달려갔다. 저기, 저기 안에 놓고 온 게 분명해. 단 하나의 생각이 온몸을 지배했다. 찾아야 해. 귀환석을 찾아야 해.

틈새 안으로 손을 넣으려던 찰나, 내 팔을 낚아챈 클루가 그대로 굴렀다. 나는 클루를 끌어안은 것도 아니고 클루에게 떠밀린 것도 아닌 어정쩡한 자세로 엎어졌다. 파란 하늘이 잠시 시야를 가득 채웠다가 사라졌다. 누워서 눈을 끔벅거리다가 다시 펄떡 일어섰다. 찾아야 해. 찾아야…….

"제발 그만해! 정신 차리라고!"

클루가 내 몸을 흔들며 소리쳤다. 아, 아파. 클루의 억센 손이 주는 강한 기운 때문에 잠시 말문이 막혔다. 나는 켈룩거리며 클루를 쏘아봤다.

"귀환석이 없어졌다고. 떨어뜨리고 온 게 분명하다니까."

앞으로 가기 위해 허우적거리는 나를, 클루는 다시 강하게 막아섰다. 새삼 클루의 근력이 어느 정도인지 실감되었다. 나는 한 발짝도 앞으로 움직일 수 없었다.

"놔, 놓으라고! 그게 없어지면 안 된단 말이야. 그게 없으면……."

"그게 없으면 뭐가 어떻게 되는데. 돌아갈 곳이 있기라도 해?"

머리를 거대한 돌로 맞은 듯한 기분이었다. 돌아갈 곳……. 돌아갈 곳 따윈 물론 없다. 워프 또한 제대로 작동하지 않는다는 사실을 알고 있다. 귀환석도 물론 마찬가지일 거다. 그보다 티리스 마을은 이미 무너져 형체를 알아볼 수 없게 되었을지 모른다. 사라진 귀환석은 없어진 마을을 따라서 증발해 버린 걸까.

"그렇지만……."

돌아갈 곳, 돌아갈 수 있는 곳. 그런 곳 따윈 없다는 걸 나도 잘 알고 있다. 하지만 그건 나에게 어떤 상징

191

이상의 것이었으니까. 어딘가에 내 부주의로 떨어뜨린 게 분명하다면, 단지 주워 오면 될 뿐이니까.

힘을 주고 있던 클루의 손이 잠시 느슨해진 틈을 타 움직이려던 찰나, 클루가 나에게 말했다.

"나도 사라졌어, 그거."

나는 그 말이 잘 이해가 되지 않아 잠시 물끄러미 클루를 바라봤다.

"나도 없어졌다고, 귀환석."

"너도…… 너도 없다고?"

대답 대신 고개를 끄덕인 클루는 자신의 가방을 들여다볼 수 있도록 창을 내 눈앞에 크게 띄웠다. 클루의 가방을 확인하기 직전의 그 짧은 시간 동안, 나는 클루가 선의의 거짓말을 하고 있다고 생각했다. 그러니까 나를 진정시키기 위해서 어딘가에 귀환석을 숨겨두었다고 말이다.

하지만 클루의 가방에는 정말로 귀환석이 없었다. 어둠의 틈새를 빠져나오기 직전까지 분명 가지고 있었다. 아니, 애초에 그건 그렇게 쉽게 떨굴 수 있는 물건이 아니다. 영원 귀속 아이템이나 다름없어서 가방을 다 들어 엎는다고 해도 절대 나로부터 분리될 수 있는 물건이 아니었다.

클루의 가방 안을 확인하자마자 정신이 퍼뜩 들었다. 우리 둘 모두에게 귀속된 물건이 사라졌다는 건 이 삶이 마지막에 다다랐다는 증거가 아닐까.

"넌 아무렇지도 않아?"

"아무렇지도 않냐니, 뭐가?"

"귀환석이 사라졌잖아. 그건 우리가 가지고 있던 아이템 중에 제일 오래되었고, 그리고……."

순간 귀환석을 다른 길드원에게 간간히 꺼내 보여 주며 그 아름다움을 자랑하던 U가 생각났다. U가 가장 좋아하던 것이었지.

"물론 아무렇지 않은 건 아냐."

클루는 다소 침체된 표정으로 말하며 내 팔을 앞으로 끌었다.

"하지만 이제 와서 뭐 어쩌겠어. 어차피 쓸모도 없는 물건이잖아. 적어도 나에게는 이제 그냥 돌이나 마찬가지였어. 너도 나와 같아질 줄은 몰랐네."

클루는 먼저 성큼 걸어가며 내 표정을 살피는 듯했다. 씨익 웃긴 했지만, 어딘지 모르게 슬퍼 보였다. 담담한 클루의 말을 듣고 있으니 일순 높게 차올랐던 슬픔이 다소 내려앉는 것 같았다. 만약 이 사실을 U가 알게 된다면 무슨 말을 할까. 6년 동안 우리 둘에게 더없이 소중했던 그 아이템이 영영 사라져 버렸다면, U는 분명 나처럼 슬퍼하겠지.

나는 클루가 인도하는 대로, 그러니까 클루가 이끄는 대로 발을 움직였다. 등 뒤로 얼핏 보이는 어둠의 틈새는 확실히 가늠할 수는 없었으나 전보다 더 커진 느낌이었다. 무언가 기분 나쁜 기운이 이쪽으로 스멀스멀 새어 나오는 것 같기도 했다. 저 안에서 부스러지고 으스러지지 않은 게 다행일까. 아니면 살아 있는 것 자체가 다행일까. 지금 살아 있는 이 순간을 귀환석과 교환하고 나온 걸까. 이상하고 기이한 일들이 반복적으로 일어나니 머리가 또 지끈거렸지만, 어떤 방식으로든 이 모든 일을 완벽히 이해할 수는 없을 거다. 마지막이 올 때까지도 말이다.

클루는 강을 찾아야 한다고 말했다. 이 세계에 강이 있던가? 각 종족들의 구역을 둘러싸고 흐르는 그런 작은 강줄기 따위를 말하는 건 분명히 아닐 것이다. 그곳으로 가서 선택을 해야만 한다는 클루의 말에 나는 조용히 고개를 끄덕였다. 클루는 내가 며칠 사이에 겪은 이 모든 감정을 먼저 겪었을 테고, 그로부터 일찌감치 초월했을 것이다. 이제 나에게 믿을 건 클루밖에 없다. 진작부터 깨달았던 그 사실을 이제야 비로소 확고히

굳히고 되새김질하게 되었다. 나는 클루가 없으면 죽는다. 그러니까 클루가 이 세계에서 나의 마지막 방어막인 셈이다.

우리는 우리가 빠져나온 곳에서부터 한참을 걸었다. 끝없이 이어지는 습지대와 난생처음 보는 식물들 때문에 나는 제대로 숨을 쉬기 어려운 느낌이 들어 자주 휴식을 취했다. 나는 지금까지 평생을 티리스로 살았으며 직업 변환은 고사하고 종족 변환도 한번 한 적이 없다. 그래서일까. 내가 알지 못하는 곳들이 너무도 많았다. 접근하기 위해 다가서면 자동으로 밀려나 버리는 티리스 출입 금지 구역들을 차례로 걸었다. 각각의 구역을 감싸고 있는 보호막은 이미 없어진 지 오래였기에 걷는 것 자체는 수월했다. 처음 보는 이상한 광경들에 혼을 빼앗기지만 않는다면 말이다. 흘러내리는 나무를 바라보다 군데군데 꺼져 있는 홀을 밟지 않도록 노력해야 했다.

"우리가 아까 머문 곳도 분명 저렇게 변했을 거야."

"그럼 여기가 원래부터 이렇진 않았다는 말이야?"

"네가 지금까지 경험한 대로, 여기서 원래 모습을 유지하고 있는 건 이제 없어. 앞으로도 그럴 거야."

숲에서 봤던 필론은 어떻게 되었을까. 그것 또한 분

명 필론이 아니었을 거다. 그보다 티리스 마을 자체가 사라졌을 수도 있다. 그런 생각을 하니 등줄기에 소름이 오소소 돋았다. 정말로 마을의 붕괴와 동시에 귀환석이 사라진 걸까?

그와 동시에 이 세계에 다시 접속하자마자 사라졌던 책이 생각났다. 그것 역시 귀속 아이템이었지. 그러고 보면 지금까지 가방 안에 이런저런 아이템이 잘 붙어 있는 것만도 용하다는 생각이 들었다. 아니, 내 외형도 저 물컹거리고 흐물거리는 나무와 풀 들처럼 변하지 않았음을 감사해야 하는 걸까.

그때 갑자기 클루가 전투태세에 들어갔다. 바로 옆에 서 있던 나도 클루를 따라 전투 모드를 발동했다.

"무슨 일인데?"

클루는 짙게 깔린 안개 사이의 어딘가를 바라보며 말했다.

"미첼이야. 정신 똑바로 차려."

그게 아직도 살아 있다니. 아니, 반대인가. 그쪽에선 우리가 아직 살아 있는 것이 신기할까. 클루가 스킬 여러 개를 장전하는 동안 나는 클루와 내 주변에 보호막을 크게 쳤다. 전의는 전혀 없지만 우선 살아야 하니까. 적어도 클루가 말한 그곳을 찾을 때까지는 죽을 수 없으니까.

짙은 안개가 살짝 걷히자, 그 안에 숨어 있던 몬스터들의 모습이 드러났다. 나는 잔뜩 긴장했고 클루 역시 그런 것 같았다. 그런데 뭔가 좀 이상했다. 그 사이에 미첼이 있긴 했지만, 미첼은 우리가 아닌 몬스터들을 향해 공격을 퍼붓고 있었다.

곳곳에 화염구가 박힌 채 이글이글 타는 자국이 생겼다. 클루에게 뭐라고 말하려던 찰나, 클루는 재빨리 은신 스킬을 시전해 이쪽으로 오라고 손짓했다. 이 난리에서 굳이 전투를 하지 않고도 여기를 지나쳐 갈 수 있겠다는 판단에서 나온 행동일까. 뭐가 되었든 나에게는 은신 스킬이 없으니, 클루를 믿기로 했다. 나는 클루를 따라 몸을 굽히고 조용히 걸음을 옮겼다.

안개가 완전히 걷히며 미첼의 모습이 선명히 드러났다. 커다란 키에 검붉은 망토를 어깨에 두른 미첼은 주변을 향해 끊임없이 불꽃과 얼음 구를 번갈아 쏘아대고 있었다. 그중 몇 개는 자기 자신에게도 붙어 데미지를 깎고 있는 걸 보니, 어딘가를 겨냥하고 전투하는 모습처럼 보이진 않았다. 클루는 미첼을 주시하면서 전투가 일어나고 있는 구역을 아주 천천히 크게 돌았다. 나는 클루가 설정한 은신 장막의 범위 안에서 벗어나지 않기 위해 가능한 한 빠르게 움직였다.

미첼을 이렇게 가까이서 보는 건 처음이었다. 미첼이 여기저기 던진 화염구의 열기가 고스란히 느껴졌으므로, 냉기 물약을 연거푸 마셔야만 했다. 미첼 주변에는 미첼보다 작지만 단단해 보이는 몰탄족들이 함께 있었는데, 그들의 모습은 미첼보다 훨씬 비정상적으로 보였다. 본 적 없는 망토와 모자를 쓴 채로 그들은 서로를 향해 때로는 주변에 있는 몬스터들을 향해 공격하고 있었다.

상황을 지켜보던 클루가 작게 속삭였다.

"아무래도 정상은 아닌 것 같지?"

애초에 몰탄이 이 세계에 남아 있다는 것 자체가 비정상이 아닐까 싶었지만, 나는 조용히 고개를 끄덕이며 답했다.

"저 주변의 몬스터들도 좀 이상해 보여. 아니면 내가 모르는 몬스터가 있는 건가?"

"나도 그렇게 생각하고 있었어. 잠시만."

클루는 몸을 최대한 낮춘 채로 집중 스킬을 시전해 몰탄족 무리들, 그리고 몬스터들이 싸우는 곳을 길게 바라봤다. 몰탄족 주변에 있는 몬스터들은 얼핏 보기에 지하에서 붕대를 친친 감고 생활하는 언데드 인간과 크고 작은 크기의 박쥐들이 얽혀 있는 듯했다. 언데 드와 박쥐 정도는 나도 겪어본 적이 있고, 지금 나의 레벨에서 그들은 상대가 되지 않을 정도로 허약한 몬 스터에 불과하지만 단정할 수는 없었다. 저들은 내가 기억하는 박쥐와 인간의 모습을 하고 있지 않았기 때 문이다. 특히 언데드는 어깨와 머리통에 가시 같은 뿔 이 듬성듬성 솟아 있었고, 다리는 이상한 각도로 꺾여 있었다. 그들과 몰탄족은 계속 서로를 공격하는 동시 에 자신들의 무리도 공격하는 중이었다. 그로 인해서 서로 싸우고 있는 무리들의 체력 바는 지속해서 깎여 갔다.

길은 하나뿐이었고 우리는 그곳을 반드시 지나쳐 가야 했기에, 클루와 나는 신중을 기할 수밖에 없었 다. 클루는 재차 은신 스킬이 풀리지 않는지 확인했고 나는 혹시 모를 상황에 대비해 공격을 무력화하는 방 어막을 장전해 두었다. 시전해 본 지 꽤 오래 되어 제 대로 작동할지 알 수 없었지만 말이다.

싸움이 벌어지고 있는 길의 정중앙을 지나, 가장자 리의 나무들을 밟으며 우리는 그들을 지나쳤다. 나무 들 사이사이에 크고 작은 홀이 있었기에, 그것들을 밟 지 않으면서 앞으로 나아가기는 꽤 까다로웠다.

진땀을 빼면서 길의 반대편에 도착한 클루와 나는 한시름 놓았다는 생각에 누가 먼저랄 것 없이 안도의 한숨을 내쉬었다. 하지만 그 순간 클루의 은신 장막이 풀렸고, 우리는 자동적으로 전투 모드에 들어갔다. 치고받고 싸우던 몬스터와 몰탄족, 그리고 미첼이 일제히 우리 쪽으로 눈을 돌렸다. 정적을 깨는 경고음이 귓가에 울렸다.

우리와 눈이 마주친 그들은 서로를 향하던 칼과 창과 마법구를 우리 쪽으로 겨냥했다. 근거리 전투자로 보이는 몬스터들이 먼저 이쪽으로 달려왔다. 하. 이제 진짜 끝인가. 모든 일이 너무 짧은 시간에 일어나 정신이 몽롱해지는 느낌이었다.

어떤 판단을 할 겨를도 없이 몸이 먼저 움직였다. 나는 내 모든 스킬을 갈아 넣어 지속 시간을 최대한 늘린 공격 무력화 방어막을 펼쳐서 클루와 내 주변을 덮었다. 그와 동시에 기력이 급격히 낮아진 나는 그대로 주저앉아 버렸다. 앞으로의 모든 턴은 클루에게 달려 있었다.

클루는 방어막 안에서 두 발을 단단히 고정하고 선 채로, 체력이 거의 소진된 몬스터들을 향해 화살 모양으로 된 창을 던지며 공격을 시작했다. 우리가 방어막을 입고 있다는 사실을 모르는 반대편 무리는 거의 전력 질주를 하듯 온갖 공격을 퍼붓고 있었다. 커다란 화염구가 잠시 시야를 가리는가 하면, 고드름과 같은 날카로운 얼음 창이 방어막에 파파박 소리를 내며 꽂혔다가 떨어져 나갔다. 나는 앉은자리에서 그것들의 데미지를 계산했다. 방어막이 있어 다행이었다. 치명적인 공격력을 지닌 무기와 마법들이 차례로 방어막 근처에 떨어졌다.

그 사이에서 클루는 침착하게 전투에 매진하고 있었다. 얼마 지나지 않아 체력이 거의 소진된 몬스터 둘이 쓰러졌다. 방어막을 넘어서 공격할 수는 없기에 화살을 쏘거나 창을 던지는 등의 장거리 공격만 사용할 수 있었지만 그 데미지는 실로 엄청났다. 나는 방어막이 깨질 경우를 대비해 광역 힐을 장전해 둔 상태로 클루의 전투를 바라봤다. 클루는 조금도 흐트러지지 않은 채 집중하고 있었다. 필드에서 클루를 적으로 만났다면 아마 나는 몇 초 지나지 않아 죽었을 것이다. 클루가 적이 아니라 동료라는 사실이 새삼 다행으로 여겨졌다.

무력화 방어막은 모든 공격을 실질적으로 튕겨내는 역할을 하지만, 한계는 있다. 아주 강한 공격을 지속해서 받는 경우, 그리고 지속 시간이 다하는 경우 방어막은 사라진다. 후자는 아직 시간이 많이 남았기에 걱정하지 않아도 됐지만, 문제는 전자였다. 미첼은 틀림없이 티리스의 방어막을 겪어본 적이 있을 테다. 캐릭터와 붙어 있는 유저의 기억을 잃었다고 해도 전투의 경험은 고스란히 남아 있을 게 분명하다. 그렇다면, 다른 몬스터는 몰라도 미첼의 경우에는 이 방어막을 뚫기 위해 총력을 다할 확률이 높다.

공격 무력화 방어막을 시전하면 다른 방어막은 추가로 발동시킬 수 없기 때문에, 나는 광역 힐 스킬과 더불어 방어막이 깨지게 되면 어디로 이동해야 할지를 계산하고 있었다. 자잘한 몬스터들과 몰탄 무리 대부분이 기절하거나 사망했지만, 미첼만은 굳건히 남아 방어막을 집중 공격 하고 있었다. 역시 예상이 적중했다. 등에서 식은땀이 흘렀다. 클루는 방어막 안에서 미첼과 거의 일대일을 방불케 하는 싸움을 계속하고 있었으나 이것도 방어막이 깨진다면 판세가 어떻게 바뀔지 모르는 일이다. 그리고…… 내가 보는 정보가 정확하다면 방어막이 박살 나기까지는 2분 정도 남았다.

상상 이상으로 엄청났다. 미첼은 영혼 없는 표정으

로 이쪽을 향해 자신이 할 수 있는 모든 공격을 퍼붓고 있었다. 클루도 마찬가지였지만, 근접 전투를 할 수 없는 통에 약간 지치고 버거워 하는 듯한 느낌이 들었다. 클루의 마음을 읽는 것이 불가능하니 정확히는 알 수 없었다. 나는 방어막이 깨진 직후 어떤 방식으로 클루를 백업할지 생각해야 했다. 이대로 미첼과 클루의 전투를 보며 넋을 빼고 있을 시간이 없었다.

1분. 마지막 60초를 세며 단축번호를 재점검했다. 여기가 우리의 마지막일 수도 있겠지만, 아니길 바라며. 48초. 2번에 광역 힐링을 넣고, 3번에는 마법 공격을 약화시키는 방어막을 장전했다. 37초. 혹시나 하는 마음에 공격 무력화 방어막의 재시전 시간을 들여다봤지만 역시나였다. 한번 발동한 무력화 방어는 이렇게 빠른 시간 내에 재발동할 수 없다. 20초. 클루가 등에서 단검을 꺼냈다. 근접 전투를 대비하는 게 분명하다. 나는 1번에 상대방을 15초 동안 마비시키는 스킬을 장전했다.

"10초 남았어."

내가 다급하게 말했으나 클루는 이미 알고 있다는 듯한 표정을 지었다. 10초 후에 우리는 여기서 미첼에게 대항하다가 처참하게 죽을 것이냐 아니면 그냥 없었던 듯이 학살당할 것이냐가 갈려질 거다. 뭐가 되었든 죽는 건 매한가지겠지.

자자자작. 유리에 실금이 가는 소리가 나면서 방어막이 사라졌다. 나는 그 즉시 바로 앞까지 다가온 미첼을 향해 마비 스킬을 시전했다. 다행스럽게 스킬은 다시 튕겨 나오지 않았다. 15초를 벌었다.

이제 남은 건 13초. 나는 평소에 쓸 일이 거의 없는 도약을 써서 클루의 바로 뒤로 점프했다. 갑자기 생긴 홀을 밟을 뻔했지만 안전하게 안착할 수 있었다.

발이 땅에 닿는 것까지 보고 난 후 다시 카운트를 하려던 찰나, 가까운 곳에서 무언가가 쩌적 갈라지는 듯한 귀를 관통하는 기이한 소음이 들렸다. 9초. 이제 마지막 카운트다운에 들어 서서 다시 숫자를 세기 시작한 나는, 고개를 들었다가 믿을 수 없는 광경을 마주하고 숫자 읊기를 멈췄다. 눈앞에서 미첼이 사라졌다.

놀란 건 나뿐이 아니었다. 클루는 양손을 머리 위로 올린 상태 그대로 서 있었다. 마치 마비나 얼음 스킬이라도 입은 양 미동도 하지 않는 상태로 말이다. 클루의 두 손은 단검을 단단히 쥐고 있었다.

나는 반사적으로 하늘을 바라봤다. 사방 어디에도 미첼이 비행을 하거나 공중 부양을 한 흔적은 보이지 않았다. 도망이라도 간 건가? 이게 대체 무슨 일이지?

"뭐야, 뭐가 어떻게 된 거야?"

빌린 입을 다물고 황급히 클루를 재촉했다. 클루는 지금까지 쭉 미첼을 바라보고 있었으니까 무슨 일이 일어난 건지 알지 않을까?

"방금 그 소리는 뭐야? 어디 갔어, 그건?"

"사라졌어."

"……어?"

"사라져 버렸어. 저 구멍 안으로."

클루는 잔뜩 긴장한 듯한 어깨를 내리고 팔을 푼 다음, 미첼이 있던 자리에 난 작은 구멍을 가리켰다. 그 구멍은 이 세계에서 으레 보던 어둠으로 가득 찬 공간이었지만, 미첼은커녕 클루나 내 손가락 하나도 통과할 수 없을 정도로 작은 구멍이었다.

농담이라도 하는 건가 싶었지만, 클루는 진지했다. 그 거대한 미첼이, 저런 작은 구멍으로 사라질 수 있다고?

"나…… 나는."

클루가 구멍을 바라보며 말했다. 평소에는 들을 수 없는, 무언가 격양된 듯한 이상한 목소리가 클루로부터 새어 나왔다.

"무…… 무서워. 이…… 이게 뭐야."

무섭다고? 내가 잘못 들은 건가? 나는 눈을 동그랗게 뜨고 클루를 바라봤다. 클루의 손에서 차례로 단검이 떨어졌다. 단검의 칼날이 커다란 바위에 부딪히는 소리가 났다.

클루는 바들바들 떨고 있었다. 내가 잠시 바닥을 내려다본 사이에, 상태 창을 바라본 그 찰나에 무슨 일이 있었나? 하지만 클루를 재촉해서 물어볼 수는 없었다. 클루의 상태가 너무 좋지 않았다.

클루는 입술을 꽉 깨물고 가까스로 평정을 찾기 위해 노력하는 듯했다. 나는 클루를 기다리기로 했다. 갑자기 들판은 고요해졌고, 클루가 쓰러뜨린 몬스터와 몰탄족의 사체들은 시간이 흐르자 대지에서 사라졌다. 미첼은 다시 나타나지 않았다.

"반으로…… 부서지고 갈라졌어. 균열에…… 그 미첼이."

몇 분 정도 흘렀을까. 정신을 차린 듯한 클루가 도리질을 한 뒤 나를 바라보며 상황을 설명했다. 내가 다른 스킬을 시전하기 위해 준비하는 사이, 클루는 미첼의 머리를 정조준하며 독을 바른 단검을 사용할 준비를 하고 있었다. 온 정신을 쏟아 미첼에 집중하던 그 순간, 미첼이 두 조각으로 찢어지고 세 조각, 네 조각으로 갈라져 바닥에 있는 균열 안으로 사라졌다고, 클루는 말했다.

그게 가능한 일이야? 라는 질문이 먼저 튀어나올 뻔했다. 생각해 보면 불가능이란 없는 곳이니 그럴 수 있겠지. 클루는 빠르게 차분함을 되찾은 듯했지만 여전히 불안해 보였다. 알고 있던 캐릭터가 눈앞에서 수십 갈래로 분열되는 것을 목격해서 그런 것 같았다.

지금까지 평정심을 잃지 않고 강인함을 보여줬던 클루가 잠시 무너질 뻔한 모습을 봐서일까. 갑자기 우울한 기분이 들었다. 미첼은 몰탄이었다. 오래전에 삭제되었어야 마땅한 악성 중의 악성 버그인만큼 우리보다 갑자기 이 세계에서 사라질 확률, 우리보다 먼저 없어질 확률이 높았다. 클루도 그걸 모르진 않을 테다. 하지만 그와 별개로, 누군가 공격을 받아 타격을 입거나 마법으로 상처를 입는 게 아니라, 온전히 이 세계의 균열에 먹혀 으스러지고 짓이겨지는 걸 눈앞에서 보게 되는 일은 좀 많이 다르겠지. 클루는 정말로 삽시간에, 수치로 생각할 수도 없을 만큼 아주 찰나에 일어난 일이라고 설명했다. 만약 내가 그 장면을 봤다면 어땠을까.

땅에 떨어진 단검을 줍기 위해 허리를 숙인 클루가 비틀거리기에 붙들었다. 우리 주변에도 이미 작은 홀이 여러 개 생기고 있었으므로 움직여야만 했다. 이제는 내가 클루를 다그쳤다.

"가자, 어서 가자. 미첼이 사라진 저 자리로부터 어서 멀리 떨어지자. 우리는 그렇게 되지 않을 거야."

클루는 단검을 허리춤에 집어넣으며 나를 바라봤다. 감정을 읽기 힘든 이상한 표정을 짓고 있었다. 하지만 우선 예전의 클루로 절반 이상 돌아온 것 같아 안심이 되었다.

클루가 고개를 끄덕였다. 우리는 각각 질주의 물약을 입에 털어 넣은 후, 걸음을 옮겼다. 클루는 이따금씩 뒤를 돌아 미첼이 사라진 곳을 응시했다. 그런 클루를 바라보는 나는 아무 말도 할 수 없었다.

우리는 정말로 그렇게 되지 않을까?

아니, 그건 순간적으로 튀어나온 거짓말이었다. 사실 나도 잘 모르겠다. 하지만 이제는 알 수 있다. 우리의 끝이, 우리의 종말이 정말로 가깝게 당도했다는 걸.

우리는 어떤 방식으로든 생존할 수 있을까?

*

숲과 나무와 오솔길이 물에 푼 물감처럼 곡선을 그리며 흐물거리기 시작했다. 발밑에 갑자기 생긴 웅덩이를 밟아도 아무 일도 일어나지 않았다. 어차피 버그로 시작되었으니 우리도 이 거대한 오류와 같은 성질일 거라고 클루가 농담을 던졌다. 같은 성질이니까, 여기서도 일단은 어떻게든 살아남지 않겠어? 나는 웃는 얼굴로 클루의 말을 받아쳤지만 우리의 가짜 웃음은 곧 싸늘한 침묵이 되어 돌아왔다.

우리는 대지를 걷고 있는 게 맞을까? 어쩌다 홀을 밟아도 예전처럼 몸 어딘가에 이상함을 느끼거나 사라지지 않는다는 걸 알게 된 직후부터, 내 머릿속은 무수한 의문들로 가득 찼다. 우리가 걷고 있는 곳이 어디라고 해야 할까? 이렇게 떠돌고 있는 우리는 살아 있는 게 맞을까? 아니면 이미 죽어 있다고 해야 하는 걸까?

이따금 가방 안이 허전해 귀환석이 빠진 자리를 쓸어보기도 했지만, 그때뿐이었다. 나는 곧 귀환석의 존재를 잊었다. 정확히는 잊어야 했다고 말해야 옳을 것이다. 귀환석처럼 나도 갑자기 사라질 수 있다는 사실을 인지한 직후로 말이다.

나는 꽤 지쳐 있었다. 수치상으로 몸 상태는 최상을 찍고 있고, 별다른 상태 이상도 보이지 않았지만 지쳐 있다는 건 부정할 수 없는 사실이었다. 살아 있는 모든 것을 공격하는 죽은 자의 속성을 가진 좀비처럼, 지하 도시에서 여러 번 마주했던 가까스로 몸만 움직이는 언데드처럼, 그저 한 발 한 발 앞으로 내딛고 있을 뿐 이었다.

클루는 말이 없었다. 클루의 상태를 정확히 판단할 수는 없지만 클루 또한 나만큼, 아니 나보다 훨씬 더 지치고 괴로울 것이 분명했다. 점점 빠른 속도로 무너 져 내리고 있는 이 세계를 오랜 시간 지켜본 유일한 캐릭터일 테니 말이다. 이곳 어딘가에 또 다른 캐릭터 가 생존하고 있을지도 모른다는 생각이 불쑥 들었지 만, 가능성은 희박했다. 우리는 운이 좋았다. 운이 좋 아서 지금까지 균열에 먹히지 않고 생존하고 있었다. 이건 어쩌면 아주 오래전부터 이 세계에 발을 딛고 살 아온 우리에 대한 마지막 배려일까? 그런 생각을 하니 웃음이 피식 나왔다. 클루가 나를 가만히 바라봤다.

"강을 찾아야 해. 그 앞에 가면 알 수 있을 거야."

힘이 완전히 빠진 눈으로 클루는 말했다. 나는 대답

대신 고개를 끄덕였다. 클루의 눈빛은 공허해 보였다. 미첼과의 전투 직후 클루는 급격히 말이 줄었다. 예의 침착한 말투도 사라졌고, 사물을 담담하게 스캔하는 능력 또한 발동시키지 않았다.

"아주 멀리서 물소리가 들려."

비닥만 보고 걷던 클루가 퍼뜩 고개를 들었다. 나에겐 아무런 소리도 들리지 않았다. 하지만 클루는 크리타다. 그러니 나는 군말 없이 클루의 인도를 따를 수밖에 없다.

"이쪽이야. 이제 얼마 안 남았어."

단호한 클루의 말투를 듣고, 나는 축 처져 있던 어깨를 단단히 펴고 마지막 힘을 내본다. 비틀거리던 몸을 꼿꼿하게 세우는 클루를 보니 우리 둘 다 비슷한 생각을 하고 있었던 것 같다. 나는 계속해서 클루가 가는 방향으로 뒤를 쫓아 걸음을 옮겼다.

시스템상의 시간으로 30분 정도 흘렀을까. 클루와 나의 시계는 고장 난 지 오래다. 시간을 예측하고 예상할 수 있는 아이템은 아무것도 없었다. 나는 클루의 뒤에서 걸어가며 가방 안에 있는 아이템들을 정리해서 버렸다. 먹다 남은 음식과 돌멩이, 나뭇가지 같은 작은 투척 무기들, 그리고 예전에 재봉이나 무두질을 할 때 썼던 뭉툭한 칼과 실타래들을 차례로 바닥에 던졌다. 채굴용 로브를 버릴 때는 조금 망설였지만, 돌아갈 광산이 없다는 사실을 떠올렸다. 은은하게 반짝이는 로브는 바닥에 닿자마자 곧 사라졌다.

할 일이 없을 때 아이템을 정렬하고 필요 없는 것들을 정리해 버리는 일은 U의 습관이었다. 나중에 진짜 필요할 때 사용할 아이템들을 찾지 못해 우왕좌왕하는 불상사를 방지하기 위해서라고 동료들에게 설명했다. 길드원들이나 파티원들은 이따금씩 멈춰 서서 아이템을 정리하고 쓸모없는 것들을 바닥에 던지는 U가 결벽증이 있다며 놀리곤 했지만, U는 별다른 반응을 보이지 않았다. 그렇게 버려진 아이템들은 초보 등 필요한 사람들이 주워다 쓰거나 했기 때문에 결과적으로 나쁜 영향을 끼친 건 아니었을 테다.

갑자기 나타나 홀연히 사라져 버린 안리가 반사적으로 떠올랐다. U는 잘 있을까. 잠시 잊고 있던 무수한 기억들이 파도처럼 내 온몸을 덮쳐왔다. 내가 아는 유일한 세상, 내 모든 세상을 다지고 쌓아 올린 단 하나의 유저. 그는 지금 뭘 하고 있을까. 만에 하나 이런 상황을 알게 된다면, U는 나를 구하러 올까.

그때, 갑자기 클루가 걸음을 멈췄다. 그 바람에 나는

클루의 등에 얼굴을 세게 부딪혔다. 엉겁결에 뒤로 나 자빠진 나는 눈과 머리를 문지르며 클루를 바라봤다. 하지만 우뚝 서 있는 클루보다 시야에 먼저 들어온 것이 있었다. 지금까지 한 번도 본 적 없는 기이한 형태로 구불거리는, 강 같기도 하고 구름 같기도 한 보랏빛의 무언가.

클루가 뒤를 돌아 나를 바라보며 말했다.

"도착했어."

나는 자리에서 재빨리 일어나 클루의 곁에 섰다.

"여기가 우리의 마지막이란 거야?"

클루는 고개를 끄덕거리며 말을 이었다.

"아로나의 강이 확실해. 길의 끝, 대지의 마지막. 수많은 캐릭터들이 선택을 해야만 했던 곳."

수많은 반딧불이 이어진 형태로 꿀렁거리는 보랏빛을 바라보고 있으려니 속이 좋지 않았다. 그 빛에 눈이 멀 것만 같아 의도적으로 눈을 깜박여야 했다. 아로나의 강. 들어본 것 같기도 하고, 아닌 것 같기도 한 이상한 이름이다. 금지 구역 목록에 있었을까.

클루는 허리춤에 차고 있던 단검을 꺼내 강 안쪽으로 던졌다. 호를 그리며 정중앙에 정확히 떨어진 단검은 순식간에 가늘고 긴 번개처럼 변해 하늘로 사라졌다. 단검은 다시 재생산되지 않았다. 클루는 단검을 잡고 있던 오른손을 한참 동안 내려다보았다.

"뭐야, 검이 그냥 사라졌어."

나는 단검이 번개의 형상처럼 바뀌어 사라진 하늘의 끝을 올려다보며 말했다.

"이곳은 선택의 강이야. 그러니까 우리도 선택을 해야 해."

"선택? 무슨 선택?"

"뒤를 돌아 코앞까지 다가온 균열에 먹힐지, 아니면……."

클루가 단검이 꽂혔던 강 중앙을 가리켰다.

"저 안으로 들어가 알 수 없는 세계의 무언가로 살아남을지."

"그게 무슨 말이야?"

클루의 말이 내가 모르는 언어로 주문이라도 외우고 있는 것처럼 아득하게 들렸다. 클루는 어리둥절한 채로 서 있는 내 팔을 단단히 잡았다. 크리타 현자의 예언, 클루보다 먼저 사라진 캐릭터들의 마지막 선택, 이 세계의 종말……. 반은 알아들을 수 있고 반은 알아들을 수 없는 말들이 귓가를 스쳤다. 차분하고 침착한 말투로 설명하는 그는 분명 내가 지금까지 알아온

214

클루가 맞았다. 악성 버그나 균열 따위에 먹힌 클루가 아닌, 온전한 클루가 확실했다.

"나는 현자나 장로가 아니기에 정확히는 알지 못해. 내가 아는 건 그냥 여길 넘거나 뛰어들어야 살 수 있다는 것 정도야. 그렇게 배워왔고, 그렇게 알아왔으니까."

"크리타의 장로가 한 말이 티리스인 나에게도 적용될까?"

"그건 모르겠지만, 해봐야지. 해보면 알 수 있겠지."

클루가 침을 꿀꺽 삼킨 후 성큼 강 바로 앞까지 걸어갔다. 나는 클루를 따라 재빨리 걸음을 옮겼다. 일렁이는 물결이 곧 발끝에 닿을 것만 같았다. 강가에 얼굴을 들이밀자, 달큰하고 찐득한 과일 냄새가 올라오는 듯했다.

"다만……."

클루는 망설이다가 곧 나를 바라보며 말을 이었다.

"저기에 들어가서 어떻게 될지는 알 수 없어. 다만 분명한 건, 우리는 이 세계에 대한 기억을 잃겠지."

"기억을 잃는다고? 여기서 있었던 모든 일을?"

클루는 반대편 허리에 차고 있던 단검을 꺼내 다시 강 쪽으로 던졌다. 그러자 좀 전처럼 길고 가는 빛의 줄기가 생성되어 정확히 우리가 서 있는 곳의 반대편으로 사라졌다.

"우리도 저렇게 변한다는 걸 가정한다면. 아니, 어쩌면 거의 그렇겠지."

클루를 처음 만났던 딱 그때처럼, 클루의 말이 이해되지 않고 허공에 둥둥 떠다니는 느낌이 들었다. 기억을 잃는다. 지금의 모습이 사라진다. 그렇다면 내가 티리스였다는 것과, 내가 기억하는 이 세계의 모든 것이 모르는 일이 되어버린다. 그렇다면, 그렇다는 건…….

"유저에 대한 기억도 전부 잊게 될 거야."

나는 클루의 말에 깜짝 놀랐다. 클루는 내 마음을 꿰뚫어 본 듯한 표정으로 나를 조용히 바라봤다.

"네가 제일 걱정하는 건 그거 아냐? 이제는 쓸 수 없는 워프와, 사라져 버린 귀환석과, 이따금씩 튕겨버리는 스킬과, 있으나마나 한 방어구, 야영 물품, 물약 따위가 아니라."

"나는……."

클루의 말을 부정할 수 없다. 어떤 대답도 할 수 없다. 지금 내가 제일 원하는 건 뭘까. U를 다시 만나는 것? 이제라도 U가 다시 이 세계를 찾아와 나와 연결되는 것. 그게 내 마지막 바람일까?

하지만 정말로 만약에, 그게 가능하다고 하더라도

나는 U의 세계로 갈 수 없고, U는 나의 세계로 올 수 없다. 문득 사라진 귀환석이 떠올랐다. 만에 하나 U가 이 세계로 돌아온다고 해도, 나는 그에게 내 마음을, 내가 지금까지 가져왔던 이 모든 마음과 생각과 행동을, 표현할 수 없다. 그러니까 우리는 친구도 동료도 될 수 없다.

"나는 너를 잊게 되는 게 싫어."

클루의 눈을 똑바로 바라보며 말했다. 그러자 클루는 놀란 얼굴로 말없이 나를 마주 봤다.

"네가 나의 마지막이자 유일한 파티원이었잖아. 나를 여기까지 오도록 이끌어준, 내가 균열에 먹히지 않을 수 있도록 도와준, 유일한 동료잖아."

강으로 뛰어들지 않고 뒤를 돌아 다시 왔던 길을 걸어간다면, 나는 버틸 수 있을 만큼 버티다가 균열에, 버그에 먹히고 말 것이 분명하다. 그 과정은 지금까지 겪어온 모든 일들에 버금갈 정도로 고통스러울 것이다. 어쩌면 나의 힘이 전혀 다른 방식으로 증폭되어 영혼 없는 미첼처럼, 사라졌다 다시 살아 돌아온 몰탄족처럼, 이상한 모습의 필론처럼, 그렇게 변해버릴 수도 있을 것이다. 그렇게 되고 싶지는 않았다. 이 세계의 영원한 글리치로 남느니 어디로 가서 붙을지 알 수 없는 다른 세계로의 여행이 더 나을 것 같았다.

그렇지만 클루를 완전히 잊어야 한다는 사실 앞에
선 망설여졌다. 나도 모르게 눈물이 뚝뚝 떨어졌다. 오
랜 시간 잊고 있던 두통이 되살아났다. 왜일까. 왜 이
런 기분이 드는 걸까.

"이 강에 다다르면 나는 아무런 망설임 없이 이곳으
로 뛰어들 거라 생각해 왔어. 혼자가 된 이후 줄곧, 이
세계가 망가져 버리기 시작하면서부터 줄곧. 내가 생
성된 서버는 이미 오래전에 사라져 버렸으니까."

클루는 시선을 강 쪽으로 옮기며 말을 이었다.

"그런데…… 막상 이 앞에 다다르니 쉽게 선택할
수가 없네. 내가 옳은 걸까? 옳게 찾아온 걸까? 나
는…… 우리는…… 뭘까?"

갈라지는 클루의 목소리가 아득하게 느껴졌다. 등
뒤에서 쩌적, 무언가 찢어지는 소리가 들렸다. 하지만
우리는 뒤를 돌아보지 않았다. 우리가 가야 할 장소는
눈앞에 놓인 곳이라는 걸, 그러니까 우리는 저곳을 건
너야만 한다는 걸 인지하고 직시한 듯이 말이다.

내가 먼저 클루의 손을 잡았다. 항상 손에 단검, 아
니면 물약 같은 아이템을 들고 있던 클루였기에, 그
손가락 하나하나를 힘주어 마주 잡을 일은 지금까지

218

없었다. 아니, 정정한다. 이런 행동을 시도하는 건 클루가 유일하다. 영겁의 시간, 영원의 시간과도 같은 이곳에서 내 의지로 먼저 다가가 악수를 건네고 손을 굳게 끌어 잡은 대상은 클루가 유일하다.

"손이라도 잡고 있으면 혹시 같은 곳으로 가지 않을까 싶어서 말이야. 코드가 되든, 전류가 되든."

나는 어안이 벙벙한 얼굴을 하고 있는 클루를 바라보며 말했다. 잠시 혼이 나간 듯한 표정을 짓고 있던 클루는, 어정쩡하게 쥔 나의 손을 꽉 맞잡았다.

"내가 안내할 수 있는 곳은 여기가 마지막이니 나머지는 네 제안을 따를게."

사실 클루와 나의 기억, 내가 클루와 마지막을 함께했다는 그 모든 기억을 잃는다는 사실에 대한 두려움은 여전히 사라지지 않았다. 하지만 그래도 나 말고 다른 누군가와 이 세계의 마지막, 이 세계를 떠나기 위한 마지막을 함께한다는 것 자체는 큰 위안이 되었다. 두렵고 답답한 마음을 다잡을 길은 없지만, 어쨌거나 그런 미지의 공포가 조금은 사그라드는 느낌이 들었다.

거추장스러운 가방과 무기를 차례로 바닥에 버렸다. 아주 오랜 시간 나에게 붙어 있던 모든 것들이 사라졌다. 은색으로 반짝이는 장창과, 내 몸을 항상 감싸며 자잘한 투척 공격을 막아내 주던 길고 긴 로브와 망토, 가방 안에 들어 있는 야영 물품과, 상태 이상을 일시적으로 억눌러 주는 물약. 나는 클루와 함께 보랏빛으로 일렁이는 아로나의 강으로 천천히 걸어 들어갔다.

강물은 차갑지도 따듯하지도 않은 적당한 온도였다. 특유의 달큰한 냄새 때문에 포도주를 다리에 들이붓는 느낌이 났다. 곧 발가락 끝에서부터 한 번도 경험한 적 없는 이상한 감각이 들었다. 무언가 찌릿찌릿한, 기분이 좋지 않은 기이하고 묘한 감각이 곧 온몸을 뒤덮었다.

"우리가 만약 이 세계를 벗어나 다른 세계에서 비슷한 성질의 캐릭터로 깨어난다면, 너는 뭐가 되고 싶어?"

"글쎄, 당장은 생각이 안 나는걸. 그치만 그땐 좋은 유저를 만났으면 좋겠어. 주어진 모든 것들을 소중히 여기는 그런 사람 말이야. 그리고 나도 소속을 가지고 싶어. 이제 떠돌아다니는 건 질렸어."

클루의 말이 빨라지고 길어졌다. 클루는 바라는 것들을 속사포처럼 뱉었다.

"너는 어때?"

"나는…… 그래도 U와 함께라서 행복했어. 그런 유

저와 또다시 만난다면, 아마 무척 즐거울 거야."

"기회가 되면 미첼처럼 강한 무언가가 되면 좋겠네."

"아니면 그냥 생각 없는 NPC도 좋겠지."

"NPC들도 우리가 없는 곳에선 자유의지로 돌아다닐지 몰라."

"그래, 생각해 보니 그럴 수도 있겠네."

우리는 시시콜콜한 대화를 나누며 강물의 중앙을 향해 걸어갔다. 농담조의 말이 오갔지만, 우리의 목소리는 조금씩 떨리고 있었다. 조금만 건드리면 팍 하고 터져버릴 것 같은 마음을 애써 억누르며, 나는 있는 힘껏 얼굴에 웃음을 피운 채 걸음을 옮겼다.

발끝의 감각이 없어졌다. 진통제 성분의 약물을 마셨을 때처럼 온몸의 모든 미세한 통증이 단번에 사라진 느낌이다. 전기 충격을 받았을 때와 비슷한 성질의 묘한 기류가 온몸을 감싼다. 시야가 점액질로 뒤덮인 듯 뿌옇게 변한다. 입까지 차오른 강물이 나를 집어삼킨다. 정신이 몽롱하다. 내가 흐려진다.

마지막으로 입 밖으로 내뱉지 못한 말이 입안에서, 머릿속에서 맴돈다. 다음이 있다면 영원히 망하지 않는 세상의 무언가로 태어나고 싶다고, 꼭 그러고 싶다고.

티리스로 살았던 기억들과 소중한 기억들,

나를 이루던 모든 것들,

그리고 내 생애의 마지막 동료,

모두 다

안녕.

누군가가 "혹시 게임 좋아하세요?"라고 물으면 나는 언제나 고민에 빠진다. 나에게 게임은 '좋아한다'라는 단어 이상의 언저리에 늘 자리하고 있기 때문이다. 조금 더 거창하게 말하자면 내 인생의 모든 굴곡에는 항상 게임이 있었다. 시작은 초등학교에 들어가기 전 처음으로 접했던 슈퍼 컴보이였지만 그건 일종의 맛보기에 불과했다. 보급형 PC가 집에 들어오고 난 후 본격적으로 게임은 취미가 아닌 생활이 되었다. 미국 시트콤 〈빅뱅 이론〉의 쉘든 쿠퍼가 세계에서 가장 강력한 그래픽 카드인 '상상력'을 사용하는 게임이라 극찬한 머드(MUD) 게임부터, '파이널 판타지', '창세기전', '어스토니시아 스토리' 등 수많은 전략 시뮬레이션 게임과 MMORPG 게임들의 향연, 그리고 플레이스테이션과 닌텐도, 모바일 게임까지. '와우(WOW)'라고 더 많이 불리는 MMORPG 게임 '월드 오

브 워크래프트(World of Warcraft)'에 빠져 생활하는 이른
바 '와생'을 살다가 학사 경고를 받았던 사건은 게임
을 좋아하는 사람들과의 모임에서 여전히 안줏거리로
이야기되곤 한다.

수많은 게임을 거쳐 가면서 다양한 캐릭터를 생성
하고 변형하고 삭제하는 과정을 거쳤다. 게임 속에서
내가 마주한 캐릭터들은 수도 없이 많지만 그중에서
특별한 감정을 가지고 운용했던 캐릭터들이 있다. 특
히 20년이 넘는 시간 동안 (세상에, 20년이라니!) 서비스
되고 있는 넥슨사의 '테일즈 위버'의 캐릭터들에게 엄
청난 애정을 쏟았었다. 아마도 그건 캐릭터 뒤에 있는
각양각색의 사람들이 모여 언제나 시끌벅적했던 길드
생활에 진심이었기 때문이었을 거다.

캐릭터 꾸미기에 진심이었고 그렇게 만들어진 캐릭
터들끼리 이야기를 나누다가 연애도 곧잘 하던 그런

시절이었다. 내가 운용하던 캐릭터가 점점 강해지는 걸 보면서 나는 이 캐릭터야말로 영원할 거라고, 내 인생에서 가장 빛나고 아름다운 캐릭터가 될 거라고 생각했다. 그러나 그렇게 캐릭터와 게임에 빠져 산 지 불과 1년 만에, 나는 더 매력적인 캐릭터와 웅장하고 광활한 세계관을 찾아 다른 게임으로 떠났다. 게임 캐릭터가 나오는 꿈까지 꿀 정도로 온 마음을 쏟았던 나의 캐릭터를 놔두고 말이다.

그러다가 어느 날 문득 총총걸음으로 필드와 던전을 오가던 그 캐릭터가 보고 싶다는 생각이 들었다. 그 길로 게임 실행 프로그램을 깔고 휴면 상태로 전환된 아이디를 활성화한 다음 게임에 접속했다. 하지만 캐릭터 선택 창에는 아무것도 없었다. 가까스로 '만렙'을 찍어둔 캐릭터는 어느 서버에서도 찾을 수 없었다. 10년이 넘도록 접속하지 않았으니 당연한 결과였을까.

급히 레벨 1짜리 새로운 캐릭터를 만들어 플레이를 했다. 하지만 20분 남짓 지나니 흥미가 떨어지고 말았다. 게임은 그간의 세월이 무색할 정도로 하나도 변한 게 없었다. 그런데 그게 문제였다. 지금의 나는 20년 전에 머물러 있는 게임을 당연히 재밌게 즐길 수 없었다. 그건 게임 자체가 가지고 있는 고질적 문제 때문이기도 했고, 내 눈이 너무 높아져 있음을 의미하기도 했다.

나는 이제 정말로 이걸 놓아줘야 한다고, 추억 속에서만 간직해야겠다고 생각했다. 컴퓨터에서 '테일즈위버'를 지운 그날 밤, 이 세계가 아닌 다른 세상에서 날아다니는 캐릭터를 바라보는 꿈을 꿨다. '만렙' 딱지를 달고 희귀 아이템으로 치장하며 익숙하게 주문을 외우는 아주 강력한 모습, 내가 알고 있는 모습 그대로 말이다.

그때의 경험이 이 소설을 쓰게 된 계기가 되었다. 내가 한때 마음을 주었던 모든 것들이 어딘가에서 저마다의 이야기를 가지고 살아가고 있다고 믿고 싶었다. 캐릭터를 운용하고 조종하는 현실의 '사람'이 아닌, '캐릭터' 자체에 스포트라이트를 비춰보고 싶었다. 끝까지 함께 하지 못했다는 죄책감, 그리고 그렇게 사라진 캐릭터들을 어떻게든 좋은 방식으로 포장하고 싶은 이기심이 중첩된 것이겠지만 말이다.

이 소설의 작업을 한창 하고 있을 때 '발더스 게이트3'라는 게임이 얼리 액세스(Early Access)로 공개됐다. TRPG 룰에 턴제라는 장벽이 있었으나, 트레일러를 보자마자 정확히 내 취향의 게임이라는 걸 알았기에 발매 일주일 정도는 애써 게임을 무시했다. 이걸 플레이했다간 분명히 마감 기일을 지키지 못할 것 같다는 생각이 들었기 때문이다. 대작으로 꼽히는 오픈 월드 (Open World) 장르의 게임은 무조건 마감을 하고 시작해야 한다는 룰을 나름대로 가지고 있었지만, '발더스 게이트3'로 인해 결국 그 룰은 깨져버렸다.

'발더스 게이트3'에 대해 이야기하는 이유는, 이 완벽한 게임 속에서 날고뛰는 캐릭터 '카를라크'가 종종 벽에 부딪히던 서사의 흐름에 환기를 가져다주었기 때문이다. 각각의 고유한 서사와 목표가 있는 '오리진 캐릭터' 중 하나인 '카를라크'는 티플링 종족으로, 지옥에서 탈출해 언제 터질지 모르는 '지옥 불 엔진'을 심장에 이식했다는 서사를 지니고 있다. 불안한 마음을 토로하며 자신을 고쳐달라고 말하는 '카를라크'를 살리기 위해서 나는 뭐든지 했다. 다른 파티 캐릭터들을 제쳐두고, 심지어 가장 좋아하는 클래스인 '소서러'와 '하이엘프' 종족으로 구성한 내 캐릭터조차 뒷전에 두고 최고급 장비와 물약들을 그녀에게 건네주었다. 주사위 굴림의 선택과 실패, 그리고 나의 소소한 선택에 따라 '카를라크'는 점점 변해갔다. 플레이타임이 80시간 정도가 되어 1회차 플레이의 막바지에 다다랐을 때 나는 지난 몇몇 선택들을 후회하면서도 '카를라크'를 살릴 수 있음에 감사의 눈물을 흘렸다.

그렇게 생존한 '카를라크'가 파티와 지상계를 떠나 새로운 동료들을 만나는 장면을 여러 번 돌려봤다. 엔딩 이후를 걱정하지 않아도 되는, 내가 다시 접속해 살피지 않아도 아무런 상관이 없이 스스로 이미 한 챕터의 주인공인 캐릭터가 여기 있다. 게임을 기반으로 한 소설을 쓰면서 게임 속 캐릭터에게 도움을 받다니. 이 얼마나 낭만적인가. 덕분에 소설을 마감하고 진행한 2회차 플레이부터는 '카를라크'에 대한 생각을 완전히 놓을 수 있었다.

게임은 경험해 보지 못한 것을 경험하게 만든다. 현실에 없는 무수한 세이브 포인트들 또한 매력적이다. 매번 다른 선택을 하면, 내가 겪게 되는 경험의 폭이 늘어난다. 소설은 플레이어가 매 순간 방향을 선택할 수는 없지만 설계된 범위 내에서 자유롭게 상상할 수 있도록 도와준다. 어쩌면 소설을 통해 벌어지는 이러한 상상 또한 다분히 게임적인 것이 아닐까? 그래서 나는 『라스트 로그인』도 일종의 게임이라고 표현하고 싶다. 게임을 좋아하고 좋아했던 사람이라면 누구나 가지고 있을 '추억 속 캐릭터'에 대한 기억들. 이 글을 읽고 있을 당신의 마음을 희미하게 두드리는 어떤 캐릭터에 대한 기록 혹은 기억. 나는 그것이 궁금하다.

라스트 로그인

초판 1쇄 인쇄 2025년 4월 4일
초판 1쇄 발행 2025년 4월 15일

지은이 강민영
펴낸이 김선식

부사장 김은영
콘텐츠사업2본부장 박현미
책임편집 조용우 **디자인** 이현진 **책임마케터** 권오권
콘텐츠사업6팀장 임경섭 **콘텐츠사업6팀** 정지혜, 곽수빈, 조용우, 이한민, 이현진
마케팅1팀 박태준, 권오권, 오서영, 문서희
미디어홍보본부장 정명찬 **브랜드홍보팀** 오수미, 서가을, 김은지, 이소영, 박장미, 박주현
채널홍보팀 김민정, 정세림, 고나연, 변승주, 홍수경
영상홍보팀 이수인, 염아라, 김혜원, 이지연
편집관리팀 조세현, 김호주, 백설희 **저작권팀** 성민경, 이슬, 윤제희
재무관리팀 하미선, 임혜정, 이슬기, 김주영, 오지수
인사총무팀 강미숙, 이정환, 김혜진, 황종원
제작관리팀 이소현, 김소영, 김진경, 이지우, 황인우
물류관리팀 김형기, 김선진, 주정훈, 양문현, 채원석, 박재연, 이준희, 이민운

펴낸곳 다산북스 **출판등록** 2005년 12월 23일 제313-2005-00277호
주소 경기도 파주시 회동길 490
전화 02-704-1724 **팩스** 02-703-2219
이메일 dasanbooks@dasanbooks.com
홈페이지 www.dasan.group **블로그** blog.naver.com/dasan_books
용지 스마일몬스터 **인쇄** 한영문화사 **코팅 및 후가공** 제이오엘엔피 **제본** 국일문화사

ISBN 979-11-306-6595-5 (03810)